LA

FILLE A JACQUES

LIBRAIRIE E. DENTU, ÉDITEUR

—

DU MÊME AUTEUR

LA DOT D'IRÈNE, 1 vol . . . . 3 fr.

LE SERMENT DE MADELEINE, 1 vol 3

SŒUR LOUISE, 1 vol. 3

—

LES DIX-SEPT ANS DE MARTHE, 1 vol. . . . 1

SAINT-OMER. IMP. H. D'HOMONT.

LA
FILLE A JACQUES

PAR

CHARLES DESLYS

E. DENTU, ÉDITEUR

LIBRAIRE DE LA SOCIÉTÉ DES GENS DE LETTRES

PALAIS-ROYAL, 15-17 19, GALERIE D'ORLÉANS

1878

LA FILLE A JACQUES

I

— Co Jacques est donc un sauvage, une bête fauve ? demanda le jeune homme au douanier de mer qu'il interrogeait, assis à son côté sur le bord de la falaise.

— A peu près, répondit le préposé. Il vit comme un loup. De quelques vieux pans de murs abandonnés, isolés, il s'est fait un gîte, une tanière. D'où venait-il ?... qui le sait ?... Il est de ces gens que la terre repousse et que la mer attire. Elle

1

les nourrit sans passe-port ni patente. On le sur-
veilla bien un peu dans les commencements, mais
comme il ne cherche noise à personne, liberté tout
entière. Il avait répondu : Je m'appelle Jacques,
voilà tout. Hormis pour sa fille... la fille à Jacques... il est muet.

— Et, sans doute, de la misère, de la pa-
resse...

— Oh! Quant à ça, non. Jacques aime trop
son enfant. C'est un rude travailleur. Toujours
levé dès l'aube, il est encore debout quand déjà
les autres dorment.

— A quoi travaille-t-il?

— A tout. Il ramasse des moules, des crabes,
de la crevette, du poisson, du varech. On le voit
aussi charrier des pierres ou du sable, aider les
mareyeurs, et parfois même les terrassiers, lorsqu'il y a des travaux sur la côte. Oh! oh! les
lourds fardeaux ne pèsent guère à son épaule, ni
les besognes pénibles à son courage. Ce n'est pas

un mendiant ; l'autre jour je l'ai vu qui faisait l'aumône.

— Et l'enfant ?

— Sa fille ? Elle pêche déjà de la crevette, et dans l'eau jusqu'au menton, s'il vous plaît. La vague ne lui fait pas peur. Bien au contraire ! on dirait son élément. Elle nage comme un marsouin. C'est plaisir de la voir !

— Je l'ai remarquée, conclut le jeune homme, et c'est là précisément ce qu'il me faut.

Il se leva, remerciant l'honnête garde-côtes des renseignements qu'il venait de recevoir.

— Comment donc !... Mais tout à votre service, monsieur Georges.

— Ah ! vous me connaissez ?

— N'êtes-vous pas le fils à M. Aubertin, le propriétaire de la grande filature d'auprès Pont-l'Évêque ? Un parfait homme... Je suis de par là... Mais tenez, si vous avez affaire à Jacques, le voilà là-bas qui s'en revient...

— Avec l'enfant?

— Non. Mais suivez le père, vous trouverez la fille.

Ceci se passait aux environs de Villerville. La mer montait, envahissait déjà la moulière. Pêcheurs et mareyeurs s'empressaient de regagner la côte, charrettes et mannes pleines. Il était midi; sous les feux du soleil éclataient de blancheur les cottes de toile et les bonnets de coton des femmes. Elles jacassaient, et les hommes aussi, tout en formant des groupes animés, pour le moins deux par deux. Un seul, très à l'écart, presque au lointain, s'en revenait sans compagnon... celui qu'on venait de désigner comme étant Jacques.

Georges Aubertin prit cette direction.

Villerville, que vous connaissez peut-être, est le plus charmant village de la côte normande. Bâti sur un promontoire, entre des vallons accidentés, il a devant lui l'Océan, derrière lui la forêt. De tous côtés des chemins ombreux, des eaux courantes, une luxuriante verdure. Vers la mer, des herbages ondulés comme des vagues, de grandes haies, à travers lesquelles passe le sentier qui court tout au bord de la dune.

Après avoir suivi ce chemin, le jeune homme descendit sur la grève.

A quelques cents pas devant lui, Jacques arrivait, courbé sous une énorme masse de moules retenues dans un filet.

Vint à passer une grande charrette bleue; il y déposa son fardeau, reçut en échange quelque monnaie, et se redressa, respirant à pleins poumons, se distendant de tous les muscles.

C'était un homme de haute taille, maigre, mais vigoureux. Sa silhouette se découpait nettement sur le ciel. Dans son attitude, une certaine fierté sauvage; il semblait défier le malheur.

Tout-à-coup, il se remit en marche vivement, franchit le galet, escalada la falaise, disparut au revers parmi les ajoncs et les hautes herbes.

Georges allait précisément le héler du geste et de la voix. Déconcerté par cette brusque fuite, il s'engagea dans le même chemin.

La dune est peu élevée. Au-delà, des terrains crevassés, disloqués, se cabrant sous une végétation sauvage. Çà et là des fondrières, des arêtes rocheuses, des buissons courbés par le vent.

Vainement le jeune Aubertin regarda de toute part. Plus personne. Il allait appeler Jacques, lorsque soudain il le revit, débouchant d'un fourré de broussailles et marchant avec les précautions d'un braconnier à l'affût.

Sans même avoir conscience de sa curiosité, Georges se rejeta derrière une roche, examinant, détaillant à loisir ce farouche bohémien de la côte.

Un méchant bonnet de laine, un lambeau de vareuse, un reste de pantalon, le tout n'ayant plus ni couleur ni formes précises, tel était le costume. L'âge, une quarantaine d'années. Les cheveux tout gris, la barbe encore noire. Le teint hâlé, fatigué; déjà des rides. Le regard hargneux et inquiet, le sourire amer et douloureux. Sur sa physionomie, un singulier mélange de résignation, d'énergie et de défaillance, de dépravation et de naïveté. Dans tout son être, comme un dernier vestige d'éducation. Évidemment un homme déchu et qui devait avoir beaucoup souffert.

Quelques jours auparavant Georges l'avait rencontré une première fois, accroupi contre un rocher du rivage, la tête dans ses mains, comme pleurant; il en avait eu pitié. Maintenant il en avait presque peur. « On n'aimerait pas à le rencontrer au coin d'un bois, pensait-il; il a l'air de guetter une proie, de ramper vers un mauvais coup. »

Comme pour justifier cette conjecture, Jacques, se penchant, s'allongeant davantage encore dans l'herbe, en arriva bientôt à marcher sur les deux genoux, sur les deux mains.

Il atteignit ainsi un hallier, en écarta doucement les branches, et, devenant immobile comme une statue, retenant son souffle, il regarda.

Quoi?... Georges ne pouvait encore s'en rendre compte. Mais il voyait s'opérer une étrange métamorphose sur la physionomie de Jacques. Tout ce qu'il y avait en lui de farouche, de fiévreux, de terrible, s'atténuait, se fondait, s'évanouissait comme par enchantement, laissant place à quelque chose de doux, de consolé, de rasséréné. Son rude visage s'épanouissait, s'éclairait. Une sorte de béatitude, une douce extase. Il souriait, il pleurait. C'était une transfiguration.

De plus en plus intrigué, le jeune homme sans se démasquer encore, avança, se pencha, se haussa sur la pointe des pieds, jusqu'à ce que son regard pût enfin plonger dans l'intérieur du buisson.

Là, sous l'abri du feuillage, qui laissait à peine trembloter quelques menus rayons de soleil; là, des mousses et des fougères soigneusement arrangées, et, sur ce lit, dans ce lit, un enfant, une fillette qui dormait.

Tout d'abord, cependant, Georges n'apercevait que deux petits pieds nus, un coin du visage, une masse de cheveux bruns.

Quelques minutes s'écoulèrent. Puis, deux grands yeux noirs s'ouvrirent, de blanches dents brillèrent, un cri joyeux retentit.

C'était le réveil.

La fillette se jeta soudainement au cou de Jacques : Mon père! Ah! mon père!... Puis, légère comme un chevreau, elle bondit hors du hallier, promenant de toutes parts son regard vif et clair.

Elle n'avait guère plus de dix ans. Elle était grande et svelte, les traits encore irréguliers, la mine éveillée, la peau très-brune : une petite gitana.

Elle s'était déjà retournée vers son père, elle le grondait.

— Ah! père... méchant père, qui devait me

réveiller pour que j'aille aux moules avec lui...
Fi que c'est laid ! vouloir travailler tout seul...
égoïste !

Et, tout en lui faisant la moue, elle le câlinait,
elle l'embrassait encore.

Lui, charmé, ravi, lissant la chevelure, rajus-
tant le vêtement :

— Mais, disait-il à la fillette, tu étais déjà
fatiguée de ce matin ; la preuve en est que tu dor-
mais encore, et joliment !

— J'en ai regret, répondit-elle. Durant ce
temps-là, que faisais-tu, toi ?... Double besogne,
et tu sais que je te l'ai défendu... Dans quel état
te voilà ! tout en sueur...

Du pan de son tablier elle lui essuya le
front.

— Toinette? ma Toinon !... Oh ! mais, que tu
est donc gentille... et que tu me rends heureux
de m'aimer ainsi ?... Je n'ai que toi, sais-tu? toi
seule, depuis que ta pauvre mère est remontée là-

haut. Plus de parents, plus d'amis, personne, pas même un chien. Toi, toi seule au monde !

— Eh ! répliqua-t-elle allégrement, n'est-ce donc pas assez ? n'ai-je pas le même sort ? Aux autres enfants, des frères, des sœurs, des oncles, des tantes, des cousins, que sais-je encore ?... des camarades... Moi, rien qu'un père... et je ne me plains pas... Il m'aime de tout son cœur... je fais de même.

Il l'étreignit convulsivement dans ses bras.

— Oh ! que ne ferais-je pas pour qu'il ne te manque rien, pour que tu sois heureuse !

— Que me manque-t-il donc ?

Jacques devint triste. Il baissa la tête et répondit :

— Ce que je t'ai fait perdre, par ma faute ! le bien-être .. l'éducation... l'avenir ! Si je tombais malade, oh ! mon Dieu !... Si je venais à mourir !... qui donc prendrait soin de toi !... Oh ! j'en ai des frissons jusque dans les os... Où irais-tu ? Que de-

viendrais-tu ? Quelle protection ?... Quel asile ?...
Le pain même du lendemain, où pourrais-tu le
trouver ? Personne ne s'intéresse à toi... personne
ne nous connaît... personne !

Tout-à-coup Antoinette jeta un cri et resta immobile, les yeux tout grands ouverts, la bouche
béante.

Elle venait d'apercevoir Georges Aubertin.

Sous l'empire d'une émotion dont il n'était plus
le maître, le jeune homme s'était montré, s'avançait.

Le père et la fille restaient stupéfaits. Georges
embrassa l'enfant ; à l'homme, il tendit la main.

De pourpre qu'il était, Jacques redevint très-
pâle. Il se recula, fronçant le sourcil, tournant
l'épaule avec défiance.

Tout au contraire, Antoinette se remettait déjà ;
le sourire avait reparu sur ses lèvres.

Il est vrai de dire que Georges n'avait rien
d'effrayant. Loin de là. La taille élancée, la phy-

sionomie ouverte, le regard franc. Surtout le charme de la jeunesse. Il portait la casquette à abeille d'or de l'École centrale. Encore un adolescent, presque un écolier.

— Pourquoi donc cet accueil ? dit-il d'un air amical ; j'ai tout entendu. Je ne désire que vous être utile...

— Nous ne demandons rien, gronda Jacques d'un air sombre.

— A merveille ! reprit le jeune Aubertin ; c'est moi qui vais vous demander quelque chose.

— Vous !

— Un service...

— Allons donc ! vous voulez vous moquer d'un pauvre homme...

— Le ciel m'en garde ! Écoutez-moi.

— Non.

Décidément, l'élève de l'École centrale avait fait la conquête de la petite sauvage. Les enfants, comme les animaux, ont l'instinct de deviner qui les aime. Antoinette avait confiance. Elle se pencha vers son père, encore dans l'herbe, contre le buisson; et, lui mettant un doigt sur les lèvres, elle lui dit :

— Écoute.

Jacques, aussitôt dompté, fit signe qu'il obéissait.

Georges s'assit sur un tertre et donna à l'enfant cette même main que venait de refuser le père. Elle s'empressa d'y mettre la sienne.

— Merci, Antoinette.

Puis, après un silence :

— Ce n'est pas un hasard qui m'a amené jusqu'ici. Je vous cherchais. Ton père a tort de ne pas me croire, mon enfant; c'est bien un service que j'attends de lui... de toi... Veux-tu me le rendre ?

— Eh ! murmura-t-elle d'un petit air normand qui lui seyait très-bien, eh !... je ne sais point...

Le jeune homme poursuivit, s'adressant en apparence à l'enfant, en réalité au père :

— Les plus petits peuvent aider les plus grands. Voici le fait. J'ai une sœur à peu près de ton âge, Antoinette ; mais, hélas ! bien différente de toi. Il ne faudra pas l'envier quand tu la verras. Le grand air, la liberté, la pauvreté peut-être, t'ont faite ce que te voilà, alerte et vaillante. Il lui manque la santé, cette première richesse. C'est donc toi la plus riche. Veux-tu lui faire la charité ?

— Mais comment ? dites...

Georges tira sa montre, et, se levant aussitôt :

— Diable ! il est plus tard que je ne croyais. Nous n'arriverions plus à temps. Viens avec moi, Toinette... et ton père aussi. Je m'expliquerai en chemin.

La fillette s'était retournée vers son père :

— Veux-tu ?

Il hésitait encore, se redressant avec lenteur.

— Jacques, dit le jeune Aubertin, souvenez-vous de vos appréhensions de tout-à-l'heure. Nous ne serons pas bienfaisants, mais reconnaissants.

Plus que de la protection, de l'amitié. Je ne vous parais peut-être qu'un gamin, mais vous en avez ma parole. Venez-vous ?

— Oui, conclut-il brusquement. Oui... pour la petite.

Georges reprit ce même chemin par lequel il était venu. Antoinette marchait à côté de lui, presque devant lui, curieuse, impatiente, et l'interrogeant des yeux.

A quelques pas en arrière, Jacques... le front sourcilleux, la tête baissée, l'œil inquiet, comme sur un terrain semé de périls, comme ayant peur des autres et de lui-même.

II

De l'autre côté de Villerville, toujours sur le bord de la mer, on remarque un chalet dont le jardin descend en pente douce jusqu'à la grève.

Cette villa se loue d'ordinaire aux baigneurs. Elle était occupée par la famille Aubertin.

C'est l'heure de la marée, l'heure du bain.

Sous une tente dressée au bord de la pelouse, une certaine animation, le bruit de deux voix; une voix de femme, une voix d'enfant.

2

Par delà le galet, sur le sable, un homme se promène en lisant divers papiers que parfois il froisse d'une main convulsive. Sur sa mâle figure, quelque chose de soucieux, de chagrin. C'est M. Aubertin, c'est le filateur. Un ancien soldat, resté soldat quand même.

Sa taille élevée, droite, conserve une sorte de roideur militaire. A la façon dont il porte la tête, on sent l'officier qui longtemps a subi le col d'ordonnance. Cette tête, bien qu'un peu sévère, avec ses cheveux coupés en brosse et ses favoris courts, annonce une grande bonté. C'est pour lui-même surtout que cet homme doit être exigeant. Pas de capitulation avec sa conscience, l'ordre et la discipline en toutes choses : un homme intègre.

Pour l'honneur de notre industrie, l'armée lui lègue de ces types-là. Dans les affaires comme sur le champ de bataille, la même fermeté, le même sentiment du devoir. Ils peuvent tomber, mais ne transigent ni ne bronchent jamais. Des hommes tout d'une pièce. Et, par contre, dans l'intimité, dans la famille, de bons hommes, tout pleins de sensibilité, d'affection. Le commandant Aubertin pleurait encore la femme qu'il avait perdue; il adorait ses deux enfants.

Georges parut, arrivant du jardin. Parfois il se retournait comme pour dire à quelqu'un d'attendre, de ne pas se montrer encore.

— Bonjour, père... Mais qu'y a-t-il donc, vous paraissez inquiet.

— Moi ? Oui... un peu.

— Est-ce que le courrier vous apporte de mauvaises nouvelles?... Cette crise commerciale...

— Elle est grave. . mais j'en triompherai. Tu sais que je ne m'effraie pas des obstacles.

— Oh ! non !... Élevé à votre école, j'espère profiter de votre exemple, mon père.

En répondant ainsi, Georges avait relevé la tête. Une brave et loyale confiance brillait dans son regard.

Le père eut un sourire de fierté. Frappant sur l'épaule de son fils :

— Georges, reprit-il, j'ai commencé l'apprentissage de la vie pendant les dures campagnes de 1813 à 1814. Deux années fatales !... Depuis, j'ai toujours lutté, faisant mon devoir. Voici de nouveau les mauvais jours... mais j'ai des ressources, je remplirai mes engagements... Qu'importe après tout, pourvu que l'honneur reste sauf !

— Alors pourquoi cette tristesse ?

Le fileur désigna du coin de l'œil une frêle et pâle enfant qui sortait de la tente :

— Elle a toussé cette nuit !... ce matin, la fièvre... regarde !

Ce n'était plus le soldat bronzé, le rigide négociant qui parlait ; c'était le père profondément attendri, tout prêt à pleurer.

Déjà la figure du frère s'attristait aussi.

Une débile et languissante créature s'avançait vers eux. Le même âge environ qu'Antoinette, mais quelle différence! Son visage était aussi blanc que le peignoir sous lequel tremblotait son pauvre petit corps malingre. Ses yeux, entourés d'un cercle bleuâtre, brillaient d'un éclat étrange. En apercevant son père, son frère, elle voulut sourire... un sourire navrant... Malgré cela, dans les traits, dans l'attitude, quelque chose de mignon, de gracieux, de séraphique; un pauvre petit ange égaré sur la terre, et qui, aspirant à revoir sa patrie céleste, semblait tout prêt à rouvrir ses ailes.

Elle s'efforçait de presser le pas, guidée par la gouvernante attentive et dévouée qui venait de la vêtir pour le bain.

— Allons, Madelon... vite... plus vite... ne vois-tu donc pas qu'il y a des baisers qui m'attendent là-bas?

Mais ses forces trahissant son impatience, elle trébucha sur le galet.

Georges accourait; il l'enleva dans ses bras, il

l'apporta jusqu'auprès de leur père, qui, de son côté, s'empressait d'ouvrir un long pliant à dossier.

La jeune malade y fut doucement posée, étendue. Le père et le frère, penchés tous deux vers elle, semblaient rivaliser à qui lui prodiguerait le plus de soins et de caresses.

Elle, leur souriant tour-à-tour, une main à celui-ci, l'autre à celui-là :

— Ah ! je suis bien ici. Ce bon soleil... l'air vif... la mer...

— Alors, dit le père, tu vas te baigner ?

A ce mot, elle se récria vivement, tout effrayée, toute suppliante :

— Non ! oh ! non... quant à cela, tu sais... tu m'as promis qu'on n'en parlerait plus.

— Quoi ! pas même avec ton frère ?

— J'ai essayé hier... j'ai trop peur ; je ne peux pas ! je ne peux pas !

Le peu de couleur qui était remonté à ses joues

s'effaçait déjà ; elle recommençait à trembler.

Aubertin ne put contenir un mouvement de colère.

— N'insistez pas, mon père, dit Georges. Moi-même j'ai vu, j'ai compris qu'il ne fallait pas lutter contre cette singulière répugnance. Une véritable horreur... Est-elle réellement invincible ?.. nous verrons... Ne t'alarme pas, petite sœur ! tu vois que je te donne raison... Quant à moi du moins, je renonce à la prétention d'être ton baigneur. Oui, oui, tu es tombée à l'eau étant toute petite, tu as failli te noyer... De là ton effroi. Pour te rendre la confiance, il faudrait un miracle.

— A la bonne heure ! fit-elle joyeusement. Ne te fâche pas, père... j'ai fait tout ce que j'ai pu... Tu vois, j'ai mis mon costume... et me voilà. Je prends un bain de sable... un bain d'air... un bain de soleil !

— Madelon ! dit M. Aubertin, il faut un autre

traitement pour Zoé... Vous irez chercher le médecin.

Zoé s'arrêta tout-à-coup, frappée d'une nouvelle
épouvante :

— Le médecin ?... encore !... Oh ! père, père,
je t'en prie.

Une seconde fois le frère intervint.

Je ne sais si vous avez remarqué quelquefois
nos jeunes savants de l'École centrale. Ils ont
vingt ans ; un travail assidu, l'étude des mathé-
matiques, hâte leur maturité, tout en attardant
leur adolescence. Ils raisonnent comme des doc-
teurs, ils rougissent comme des jeunes filles. De
là un charme tout particulier. Ce sont des enfants
et ce sont des hommes. Vis-à-vis d'une jeune
sœur, ils prennent des airs de paternité. Un instant plus tard, ils joueront avec elle. D'admirables frères.

Georges s'était assis à son tour. Il disait, tout
en attirant Zoé vers lui :

— Laissez-nous causer tous les deux, mon père.
Ne vous tourmentez pas. Avant de quitter Paris,
j'ai vu notre excellent docteur Muller; il répond
de la guérison de Zoé... à une condition.

— Quelle condition ? demanda-t-elle anxieu-
sement.

— Écoute bien ceci, petite sœur. Ça te déplaira
peut-être moins; c'est toute une histoire...

Le docteur Muller avait une malade, une jeune
fille, un peu plus âgée que toi peut-être, mais
comme toi languissante et pâle, toujours fatiguée,
brisée. On l'accablait de drogues. Savez-vous ce
qu'il fit, mon père ?

— Non.

— Il vida le flacon et fit jeter les tisanes par
la fenêtre.

Zoé battit des mains.

— Bravo !... voilà un médecin !

Son frère, comme poursuivant un conte de fées :

— Après quoi, un matin, il fit monter la jeune

malade dans sa voiture... et la mena chez une pauvre femme, auprès de laquelle des enfants en pleurs, qui manquaient de tout.

— Pauvres petits ! s'attendrit Zoé. Elle en prit soin, n'est-ce pas ?

— Assurément. Notre docteur les mit sous sa garde en lui disant : « Je m'occuperai de la mère, à vous les marmots ! »

— Décidément, je l'aime beaucoup, ce docteur Muller !... Après ?

— Le lendemain, il conduisit sa jeune et riche cliente dans un ménage d'ouvriers. Le père avait fait une chute... Aucune ressource. La femme, cependant, ne voulait pas que son mari entrât à l'hôpital. La faim arrivait.

— Oh !

— J'apporterai des remèdes, dit le docteur Muller ; vous, mademoiselle, apportez du pain.

— Elle en apporta ?

— Certes, comme aussi des secours, des encouragements chez tous les pauvres du docteur, qui devinrent bientôt les siens. Elle allait les voir chaque jour; elle montait dans les mansardes, où les petits enfants baisaient ses mains et la bénissaient.

— Oh! s'écria Zoé, qu'elle devait être heureuse!

— Plus de langueur, poursuivit Georges, plus de faiblesse. Du contentement, de l'ardeur, de la gaieté; au bout de six mois elle était guérie.

— Je le crois, je le crois... Faire du bien aux autres c'est en faire à soi-même.

Zoé était debout, comme impatiente d'en essayer à son tour.

Il n'était pas jusqu'à M. Aubertin qui ne subît l'entraînement.

— Quoi! demanda-t-il, notre vieux Muller a laissé entrevoir... pour ma fille... la guérison!...

— Elle est certaine, conclut Georges, si à ces prescriptions toutes morales, on ajoute le bon air salin de nos côtes, un exercice régulier... enfin, et surtout, durant la chaude saison, chaque jour un bain de mer.

A ce retour inattendu, toute l'exaltation de Zoé tomba.

— Encore !... Ah ! frère... jamais !

Il lui saisit la main, et, la regardant dans les yeux :

— Même s'il s'agissait d'une bonne action ?

Et, comme elle l'interrogeait du regard, il appela :

— Antoinette ! Antoinette !

Aussitôt, débouchant du rocher, Antoinette accourut.

Derrière elle, un peu au loin, Jacques.

— Ah ! les pauvres gens ! fit Zoé.

— Comme ceux du docteur, murmura Georges, ils ont besoin qu'on leur vienne en aide.

Zoé se retourna vivement vers son père, et, mettant la main dans la poche de son gilet, elle y chercha de l'argent.

Son frère, l'arrêtant du geste, lui dit à voix basse :

— Pas ainsi, ce serait trop facile. D'ailleurs, ils ne demandent pas l'aumône, ils la refuseraient.

— Alors...

— Il faut les obliger autrement... avec de l'esprit, avec du cœur.

— Comment ?

— Tu ne m'as pas voulu comme baigneur ; veux-tu cette enfant ?

La chose parut tellement invraisemblable à la jeune malade qu'elle ne songea même plus à s'effrayer de la vague. Elle s'écria :

— Elle !... une petite fille de mon âge !... Est-ce qu'elle sait nager ?

— Vois.

Jusqu'alors, Antoinette était restée à distance, attendant un signal convenu.

Ce signal, Georges le donna.

Tout aussitôt, la fille de Jacques, laissant tom-

ber sa défroque rustique, apparut sous un des cos-
tumes de bain de Zoé : Georges le lui avait fait
prendre dans la tente.

Ainsi travestie, charmante de sveltesse et d'impétuosité, la sauvage enfant bondit dans le flot,
plongea sous la lame et reparut au-delà, se jouant
à la surface de la mer.

N'en pouvant revenir encore, Zoé se laissa con-
duire jusqu'au bord de l'eau pour mieux voir.

C'était par un de ces temps calmes qui font de
la mer un lac à peine agité.

Antoinette revint, se redressa, tendit le bras
à Zoé.

— Elle t'attend. . Va... lui dit son frère.

— Je t'en supplie ! s'écria le père.

— Non... non...

— Il faudra payer, sœur. Si ce n'est pour toi,
pour elle. . Si ce n'est par raison, par charité...

Non pas convaincue, mais comme poussée, attirée par une influence irrésistible, Zoé, tout en

fermant les paupières, hasarda un pied dans l'eau, le retira en frissonnant, l'avança derechef... puis l'autre... faillit tomber... se rattrappa d'instinct à quelque chose qui était les mains d'Antoinette, releva vivement les yeux, se retrouva face à face avec elle, et, sans même remarquer une première vague qui lui passait aux genoux, se prit franchement à rire.

L'autre, la baigneuse, riait aussi.

Une seconde lame arrivant monta jusqu'à la ceinture de Zoé.

— Euh ! fit-elle avec un saisissement presque agréable. Tiens ! c'est bon...

— Allons plus loin, proposa Antoinette.

— Non. Toi d'abord... que je voie...

Antoinette fit quelques brasses en avant de Zoé, puis revint à ses pieds, tout autour d'elle, se roulant dans le remous où parfois, ainsi couchée, elle disparaissait tout entière : la mer montait toujours.

Zoé s'amusait au possible. Après quelques premiers efforts auxquels il ne manquait qu'un peu d'espace, tout d'un coup, elle se laissa tomber auprès d'Antoinette, jouant, sur une ligne un peu plus rapprochée du rivage, le même jeu qu'elle lui voyait jouer.

Et c'étaient des petits cris de plaisir, de grands éclats de rire, une gaieté folle.

— Voyez! disait Zoé, mais voyez donc... Georges!... père! père! et dire que je ne voulais pas... que j'avais peur... Mais c'est charmant... charmant... et pas difficile du tout!

Cette joie, le père la partageait. Il allait et venait, avançant, reculant avec le flot, criant toutes sortes d'encouragement, battant des mains, remerciant la baigneuse et remerciant Dieu.

Quant à Georges, immobile et grave, il regardait son chronomètre.

Déjà les deux fillettes étaient en plein bain, s'accroupissant et se redressant, sautillant, dansant, tournant, se livrant à mille enfantillages, avec une même sécurité, une même allégresse.

— Dix minutes ! déclara tout-à-coup le frère ; c'est assez pour une première fois. Assez !

— Déjà ! fit Zoé, toute prête à la rébellion.

Mais Antoinette prenait au sérieux sa consigne. Comme un vrai baigneur, enlevant Zoé sur ses bras, elle la porta sur le rivage, où Madelon, le peignoir en mains, attendait.

Elle reçut, enveloppa sa jeune maîtresse qui, déjà, commençait à lui raconter avec une faconde enthousiaste l'enfantine odyssée de ses premières impressions maritimes.

Antoinette se hâtait de rejoindre Jacques.

— Reviens demain, lui cria Georges.

Et Zoé :

— Oui ! oui ! demain... tous les jours !

Puis l'élève de l'École centrale se retournant vers son père :

— Voilà l'x demandé ; le problème est résolu.

3

III

Quelques jours plus tard, une sorte d'amitié naissait entre les deux fillettes.

Tout était dissemblable entre elles. Chacune avait ce qui manquait à l'autre. A celle-ci la santé, à celle-là la fortune; une enfant de la civilisation, une enfant de la nature. Dans l'être physique, même contraste : Antoinette, brune, vive, alerte ; Zoé, blonde, alanguie, rêveuse. Une antithèse vivante. C'était une raison peut-être pour se plaire davantage et se mieux aimer.

A l'heure de la marée, la fille de Jacques arrivait. Tout d'abord son père l'accompagna jusqu'à
la grève de la villa, restant à demi caché parmi
les roches. Plus tard, il ne vint plus que jusqu'à
moitié chemin. Maintenant, il la laissait aller
toute seule.

On ne voyait plus guère M. Aubertin ; les exi-
gences de son industrie, la crise commerciale le
retenaient presque constamment à la filature.

Entre les deux jeunes filles, plus rien que
Madelon, une bonne femme, et Georges, un frère,
un ami, ne surveillant qu'à distance, toujours un
livre ou un crayon à la main.

Elles pouvaient donc s'étudier, apprendre à se
connaître en toute liberté, sur terre comme sur
mer.

De ce côté-là, plus de résistances ni de façons
maintenant. Il n'y a, disait Zoé, que le premier
bain qui coûte.

Pour elle comme pour Antoinette, même plaisir. Celle-ci jouait alors le beau rôle, le rôle de protectrice. Elle s'en acquittait avec un légitime orgueil, avec un dévouement fougueux mais grave.

On jouait ensuite sur la plage. Là, Zoé commençait à prendre le dessus.

— Toinette, il faut partager avec moi ces gâteaux... boire, ainsi que je viens de le faire, un doigt de ce bon vin d'Espagne. Ah! je le veux!... Je veux aussi que tu mettes cette robe de laine que Madelon t'avait apportée hier, et dont vous avez fait fi, mademoiselle la fière...

— Mais, mademoiselle...

Zoé lui jetait une main sur les lèvres :

— Je t'en prie!... Tu as la force et la santé... moi, je n'ai que la richesse... mettons tout en commun... partageons comme deux sœurs.

Et, réellement, ce partage s'effectuait. Au contact d'Antoinette, Zoé se revivifiait déjà, plus colorée, plus vaillante. Qu'était-ce, en regard de cela, qu'un peu plus de bien-être dans la cabane de Jacques.

Par exemple, sa fille tenait de lui : farouche en diable. L'attirer dans le parc, dans la maison, grosse affaire ! Elle ne s'apprivoisait que pas à pas, toujours sur le qui-vive et prête à s'enfuir, ainsi qu'une gazelle, ainsi qu'un oiseau.

Dieu sait, cependant, combien Zoé y mettait de précautions, de séductions! Il est vrai de dire que tout cela l'intéressait, l'amusait énormément. Les étonnements, les hésitations de sa naïve compagne, autant de comédies. C'était si drôle de lui voir hasarder ses pieds nus sur un tapis, ses doigts ignorants et craintifs sur un piano, son visage ébahi dans un grand miroir.

Cependant, lorsqu'un jour Zoé s'écria :

— Tiens ! je vais t'apprendre à lire, Antoinette répondit en se rengorgeant :

— Je sais.

— Qui donc t'a appris ?

— Mon père.

— Bah !

— Et puis écrire... un peu compter... de la géographie, de l'histoire... l'Evangile... Dame ! nous sommes toujours ensemble, seuls tous les deux, à la maison, dans les champs, et quand on ne travaille pas, on cause.

Ce fut au tour de la demoiselle de rester stupéfaite. Georges survenant, elle voulut qu'il interrogeât Toinette. Toinette était plus savante que Zoé.

Georges ne s'en montra pas surpris. Depuis quelque temps il observait le père, et s'affermissait dans la pensée que la chute de cet homme avait été profonde.

Jacques acceptait les gros sous des marayeurs, mais quand un monsieur voulait lui mettre de l'argent dans la main, il avait un refus d'une certaine hauteur. Lors du premier payement pour les services d'Antoinette, Georges l'avait éprouvé

pour lui-même. Il remarqua d'autre part, lors des
rencontres qui se renouvelaient entre eux de
temps en temps, par hasard, dans quelques bribes
de réponses emportées par le vent, des idées de
connaissances, une élévation de sentiments tout
à fait au-dessus de sa condition présente. Un
soir même, le nom scientifique d'une plante.
C'était donc un homme instruit, ce ramasseur de
moules? Il était donc autre chose que ce qu'il
paraissait être?

Mêmes indices, quoique plus effacés, chez sa
fille. A sa première entrée dans le salon, un cri
s'était échappé de ses lèvres. « Ah ! fit Zoé,
voilà du nouveau pour toi, Toinette ! » Mais
Toinette, toute songeuse avait murmuré :

— Peut-être bien que non ! Il me semble qu'autrefois... étant toute petite... je crois me souvenir... mais comme d'un rêve !...

Évidemment, dans la vie de ces deux êtres, il y
avait un secret, tout un drame.

Pour Georges un théorème. Il essaya, mais vainement, de le résoudre. Jacques était un de ces hommes qu'on ne fait marcher qu'à leur pas, auxquels on ne fait dire que ce qu'ils veulent dire.

Chez l'enfant, d'instinct, même réserve, même mutisme. Impossible de rien savoir.

L'élève de l'Ecole centrale reprit ses études, en laissant aller les choses.

Cependant, des semaines, des mois s'étaient écoulés ; l'automne arrivait.

Aux arbres du parc, déjà des feuilles rousses. Sur la pelouse et dans les allées, déjà des feuilles mortes. Quelques jours encore, et la famille Aubertin retournerait à la ville.

C'est une loi qu'entre gens qui s'aiment, à la veille de la séparation, l'intimité s'accroit encore. Antoinette avait d'abord passé des minutes, puis des heures à la villa. Elle y restait maintenant des journées entières ; et c'était tout au plus si, vers le tard, Zoé se décidait à la laisser partir.

Jacques besognait trop rudement pour souffrir de la prolongation de ces absences. Il avait vu sa fille le matin ; elle s'endormait sous son regard. D'ailleurs, on la fêtait là-bas ; elle était mieux nourrie, mieux instruite, plus coquettement vêtue, peut-être plus heureuse Il était content.

L'avant-veille du départ, M. Aubertin dit à son fils :

— Décidément ces fillettes s'entendent trop bien pour les séparer. Toinette semble communiquer à Zoé la richesse de son sang. Elle lui portera bonheur. Toi qui connais le père, demande-lui donc s'il consentirait à nous laisser sa fille.

Georges trouva Jacques dans ces mêmes fondrières herbues, embroussaillées, témoins de leur première rencontre : un endroit complètement désert et d'une saisissante originalité ; Daubigny s'en est inspiré plusieurs fois : les *Graves de Villerville.*

Des nuages gris couraient dans le ciel. Parmi les végétations bizarres de l'herbage, il y avait comme de la houle ; un temps triste.

Jacques, assis sur une épave, raccommodait les mailles d'un vieux filet. A la proposition de George, tout son être se révolta.

— Me séparer de mon enfant !... Jamais !

Puis, après une courte réflexion, durant laquelle il écouta beaucoup plus les arguments de son propre cœur que ceux du jeune Aubertin :

— C'est l'enfant elle-même qui décidera. Je lui parlerai.

— Voulez-vous que je vous l'envoie tout de suite, ici même ?

— J'attends.

Jacques avait cessé son travail. Durant près d'une heure, il ne bougea pas, le regard en terre, le front pensif.

Tout à coup, venant du lointain, cette vieille

ronde normande, chantonnée par une voix d'enfant :

> On const.uit un beau navire
> Tout en or et en argent
> Les voiles sont en dentelles
> Et les mâts en diamants.
> La feuille s'envole, vole, vole,
> La feuille s'envole au vent.

Il avait relevé la tête ; il écoutait vaguement, la joue dans sa main, les yeux au ciel, comme priant tout bas.

La voix se rapprochait rapidement :

> Les voiles sont en dentelles
> Et les mâts en diamants.
> Il a pour son équipage
> Toutes filles de quinze ans.

C'était Antoinette.

J'aperçus une brunette

Qui pleurait dans les haubans...

Elle vit son père, bondit vers lui, l'embrassa.

Lui, la main sur l'épaule de l'enfant, l'appuyant contre son cœur, les yeux dans ses yeux :

— Toinon, te plairais-tu mieux à la ville ?

— Y serais-tu, père ?

Il ne put se défendre de lui mettre un baiser sur le front. Puis, d'une voix brève et résolue :

— Non !... je n'y retournerai pas, moi... Jamais !

— Alors jamais moi non plus ! conclut-elle gaiement, restons ici.

Et, par une gambade, elle voulut s'échapper. Il la retint.

— Mais, chez mademoiselle Zoé, à la villa, est-ce que tous ces beaux meubles, ces rideaux de soie, ce luxe ne te fait pas quelque chose, quand

tu le compare au dénûment affreux de notre misérable cabane, où la pluie tombe, où le vent fait
rage, où tu n'as pour lit qu'un grabat ?

— Ah ! ça, je ne dis pas, c'est très-beau chez
M. Aubertin... on y est très-bien. L'autre jour,
Zoé m'a menée dans sa chambre... Ah ! que c'est
joli !... Tout en bleu... comme le ciel... Elle m'a
essayé une de ses robes... Dame ! fallait voir !
J'avais l'air d'une demoiselle ! et puis je me suis
carrée dans un grand fauteuil tout rebondissant.

Quelque lancée qu'elle fut, Toinette remarqua
tout à coup que la figure de son père s'attristait,
se contractait. Une larme dans le coin de ses
yeux. Spontanément, éclairée par l'instinct du
cœur, par le génie de l'amour filial :

— Bah ! reprit-elle, est-ce que ça vaut un tas
de foin, fraîchement coupé, la mer, les champs,
la verdure, les petits oiseaux ? Voilà mes vrais
amis !... Ils chantent toujours quand je passe !...
Là-bas, je serais en cage ; ici, comme eux, j'ai

ma liberté !... Et puis, toi avant tout... toi... père !... Oh ! je t'aime bien, va !

Et des baisers, des sourires, mille tendresses.

Le pauvre homme ne pouvait parler, respirer ; la joie le suffoquait. D'abondantes larmes ruisselaient sur son visage.

Il s'empressa d'aller retrouver le fils Aubertin : il lui dit fièrement :

— L'enfant ne veut pas.

Mais le lendemain matin, en arrivant à la villa, lorsque Antoinette aborda Zoé, quelle scène! Zoé n'avait pas dormi de la nuit. Les yeux rouges encore. Un vrai désespoir. « Je ne veux pas m'en aller sans toi !... j'en mourrais !. . je te veux... je te veux... Non, tu ne t'en iras plus... je te garde ! »

Le cas devenait embarrassant. M. Aubertin ne devait pas revenir. Il n'y avait là que Georges et Madelon.

— Obtenons du moins, dit celle-ci, qu'on nous

laissé emmener Toinon pour un mois, une semaine.

— Toujours ! sanglotait Zoé éperdue.

— Je vais y retourner, dit son frère.

— Ensemble !... moi aussi !. . tous !... Je prierai tant son père qu'il voudra bien.

Jacques eut fort à faire. Il comprit combien sa
fille était aimée. Pour cela surtout, il permit
qu'elle allât passer une huitaine de jours à Pont-
l'Évêque.

— Vous viendrez la rechercher vous-même,
conclut Georges ; il y a longtemps que mon père
souhaite vous voir, vous parler. Qui sait si là-bas,
à nous tous, nous ne trouverons pas un moyen
d'arranger tout cela ? Vous viendrez...

— Moi !... moi !...

Jacques allait refuser encore. Zoé, Antoinette
aussi, tendirent vers lui leurs petites mains sup-
pliantes.

— J'irai peut-être, dit-il... On verra.

Le lendemain fut un triste jour pour Jacques. Il était seul !...

Dans la solitude, on réfléchit. Jacques parut débattre en lui le passé, l'avenir, lutter contre une résolution dont il se serait imposé la loi, contre des répugnances qui sans cesse revenaient à l'assaut, contre une sorte d'épouvante dont il ne parvenait pas à se rendre maître. Des mots sans suite s'échappaient de ses lèvres : « Il y a déjà cinq ans. Si j'osais... Peut-être que personne... Les hommes oublient... Dieu est bon !... » Le dernier jour enfin, rassemblant tout son courage, il retrouva dans une vieille malle un vêtement convenable, et, tout transformé, à peine reconnaissable, il prit à pied la route de Pont-l'Évêque.

Aux abords de la ville ses hésitations le reprirent.

Il fit un dernier effort, entra dans le faubourg, demanda la filature Aubertin.

4

Je ne sais si vous avez remarqué certaines fabriques normandes? Un jardin, un parc les entoure. La maison d'habitation, les ateliers, les communs, l'usine entière se perd dans les grands arbres, dans la verdure et dans les fleurs. Partout des eaux courantes, au murmure desquelles se mêle un bruit de rouages et de bobines toujours en mouvement. Il n'est pas jusqu'à la haute cheminée de briques qui ne complète bien ce paysage. C'est la demeure active et productive, la ruche ouvrière, le manoir industriel. On devine que travail et bonheur habitent ce château. On porte envie au châtelain.

Telle était la fabrique qu'on venait d'indiquer à Jacques.

Il la regardait de loin, n'osant s'y présenter encore.

Tout à coup à travers la grille, des mains qui s'agitent, une voix qui crie joyeusement : Par ici ! par ici père !

Jacques lui-même n'aurait su vous dire comment il se trouva dans le jardin, ayant au cou sa fille qu'il couvrait de baisers et de larmes.

Déjà Zoé venait de disparaître en disant :

— Je vais chercher Georges.

Georges arriva.

— Mon père est très-occupé. . des affaires urgentes... Mais je suis chargé de vous transmettre ses intentions... Que diriez-vous d'un emploi chez nous... dans les magasins... voire même dans les bureaux ? Eh ! pourquoi pas, Jacques? Vous voici déjà transformé comme nous vous souhaitions. L'usine vous sourit-elle?... vous seriez auprès de votre fille, et vous la verriez tous les jours.

— En vérité, balbutia-t-il, vous êtes trop bon... Je ne mérite pas...

Antoinette l'interrompit :

— Père, il n'y a plus à refuser... j'ai dit oui pour toi.

Jacques se laissait faire une douce violence ; il allait probablement consentir.

Tout-à-coup, de l'autre côté de la haie qui séparait le jardin des ateliers, le bruit d'une discussion s'éleva.

— Qu'y a-t-il ? demanda Georges à haute voix.

Une petite porte s'ouvrit, livrant passage au contre-maître.

— Mais qu'y a-t-il donc, Robert ?

— Eh ! c'est encore notre brebis galeuse qui veut rentrer au bercail malgré votre père, malgré moi...

— Malgré le diable ! ajouta du dehors un homme qui cherchait à pénétrer dans le jardin.

Au son de cette voix rauque et gouailleuse, Jacques fit un brusque mouvement, et dressa l'oreille ainsi qu'un animal effarouché.

— Non, continuait de résister Robert ; non, tu ne passeras pas. M. Georges n'a déjà que

trop intercédé pour toi, mauvais garnement!...
ivrogne... Ah! le gueux!... il a passé!

Effectivement, par une adroite feinte, l'homme
avait forcé l'entrée. Un de ces êtres qui sentent
le vice, peut-être le crime.

— Eh! ben!... après?... enfoncé le contre-
maître! En voilà-t-il des histoires! Parce qu'on
a fait le lundi... et le mardi... Des affaires de
famille, quoi! parole! et faudrait pas la refuser
au guichet, la parole de Pierre Louvard!...

— Louvard! s'écria Jacques, frémissant, blê-
missant, frappé de terreur comme à l'aspect d'un
fantôme.

Ce fantôme venait de se retourner vers lui. Il
le reconnaissait à son tour. Il s'avançait, le menaçant de son horrible accolade.

— Ah! bah!... toi, Jacques!... en voilà une
rencontre!

Affolé d'épouvante, Jacques saisit sa fille, et,
l'emportant, il s'enfuit.

IV

La cabane de Jacques était dans un repli de la falaise. Un ancien poste de garde-côtes, à demi décoiffé par le vent. Jacques avait remis quelques tuiles par-ci, quelques cailloux par-là, une espèce de porte, un semblant de volet. Somme toute, un misérable logis.

De plus, un endroit désert, aride et triste, surtout par ces premières journées de novembre, courtes et brumeuses, auxquelles on arrivait déjà.

Depuis son retour, Antoinette n'était plus la même. Le contraste avait été par trop saisissant, la transition par trop brusque. Si du moins elle avait retrouvé de la verdure, du soleil ! Mais non. Du brouillard, de la pluie, de la boue. Un ciel grimaçant, une mer hargneuse. Toutes les fleurs mortes, tous les oiseaux muets. L'enfant se taisait aussi. Elle avait froid jusque dans l'âme. Plus de joyeux ébats, plus même d'appétit, certains dégoûts, presque des regrets. La vaisselle rustique et les cuillers d'étain ne lui allaient plus ; le grabat faisait soupirer après la couchette. Et puis Zoé, Georges, tout ce monde coquet et souriant de là-bas ! Ici, personne, sinon Jacques, plus sombre que jamais. Est-il besoin d'ajouter plus malheureux !

Vainement, sa fille s'efforçait de dissimuler ; vainement elle chantait, voulait sourire. Sous le masque, il voyait le visage... Et, furieux contre le sort, contre lui-même, il s'en allait dans quelque coin de la falaise étouffer ses emportements, cacher son chagrin.

Souvent alors, au mugissement de la mer, il mêlait ses imprécations :

— Oh ! le passé !... le passé !.. on espère qu'il s'oubliera... on le croit mort... jamais !... Et dire que je ne voulais pas aller là ! L'instinct me retenait... un pressentiment.. Puisque j'avais trouvé ce refuge, ce lieu d'asile, il fallait y rester, y mourir... Mais l'enfant ! .. la petite !... elle se ressouvenait encore de ses premières années... elle se retrouvait là-bas comme dans son ancien berceau, dans sa vraie patrie... Qu'a-t-elle fait pour partager mon exil ?... Je n'ai pas le droit de l'y condamner... je suis un mauvais père.. un père fatal !... Mais que la foudre tombe donc sur moi !... que cet Océan m'engloutisse !... elle serait heureuse alors... il ne faudrait qu'un pas... si j'osais...

Il en arrivait au suicide. Ce ne fut pas le courage qui lui manqua. Dieu le retint peut-être.

— Mais ce n'est pas ta faute, père; c'est celle de ce méchant homme... Pierre Louvard... Oh ! je me suis bien rappelé ce nom là... ma mère le répétait souvent.

— Ta mère...

— Oui... elle me disait de ne jamais t'en vouloir à toi... que tous nos malheurs venaient de lui... que c'était notre mauvais génie...

— Ah ! ta mère disait cela !... Pauvre Louise ! si bonne, si résignée, si courageuse !... Nous étions riches, et j'ai tout dissipé, gaspillé, tout perdu !... Un peu d'énergie, le travail pouvait encore nous relever... Non !.. mon sot orgueil croyait déroger alors... je me croisai les bras, nous laissant envahir par la misère. Elle travaillait jour et nuit, elle !... Moi, je ne songeais qu'à m'étourdir en m'abandonnant au tourbillon. Oh ! j'en ai honte !... honte et remords !.. Un dernier bien nous restait, l'estime, l'honneur. Je retrouvai cet homme, je me laissai de nouveau conseiller, entraîner par lui jusqu'au fond de l'abîme, jusqu'au jour où...

La main d'Antoinette se posa sur ses lèvres.

Lui, comme se réveillant, tout confus d'en avoir tant dit :

— Quoi !... tu te souviens ... tu sais...

Pour toute réponse, elle lui mit un baiser au front.

Il est des épreuves qui mûrissent la raison des enfants, et leur donnent le sentiment de certaines délicatesses dont le cœur seul a le secret.

Ce baiser, cette indulgence plénière, ne fut pour Jacques qu'un éclair de joie. Son visage s'assombrit plus encore ; il se prit la tête à deux mains, mit les coudes sur ses genoux, eut comme un sanglot dans la gorge.

Puis, après un silence :

— Tu retourneras là-bas. Moi, je partirai.

— Père !...

—. Ici, pour toi, c'est le dénûment... l'humi-

liation... la dégradation... Te voilà déjà toute
pâlie... tu en deviendrais malade... tu en mourrais !... Chez eux c'est l'avenir .. c'est la vie...
c'est le bonheur.

Une fois encore elle eût son objection toute
prête :

— Le bonheur !... qui sait !... ne juge pas trop
sur l'apparence, père ; il y a aussi des chagrins,
des inquiétudes à la filature. On ne m'a rien dit...
mais j'ai bien vu, j'ai deviné. De gros besoins
d'argent, une crise terrible, comme dit M. Georges.
Il leur faut une forte somme pour la fin du mois...
Tiens ! c'est demain... Faites, ô mon Dieu ! que
ça leur arrive !

En ce moment un bruit de galop s'éleva de la
plage.

Trois gendarmes passaient sur la grève à
sec.

Le brigadier aperçut Jacques en haut de la
falaise.

— Eh ! l'homme, avez-vous vu quelqu'un fuir ou se cacher par ici ?

Jacques fit un geste négatif.

Les gendarmes s'éloignèrent.

La nuit venait.

— Rentrons, dit le père.

Et l'on regagna la masure.

Selon l'habitude des pauvres gens, la porte n'était fermée qu'au loquet.

Après avoir soulevé ce loquet, Jacques poussa du revers de la main.

Il y eut une résistance inattendue.

— Hein ! qui donc est là ?

Un coup d'épaule ouvrit la porte toute grande.

A l'intérieur, dans la pénombre, une forme humaine fut aperçue, trébuchant, roulant jusqu'à l'autre muraille.

Puis, l'intrus se releva, s'approcha craintivement, et, d'une voix éplorée, les mains jointes :

— Ah ! cachez-moi ! Sauvez-moi !

Déjà Jacques s'était écrié :

— Pierre Louvard !...

Un bout de gaffe se trouvait sous la main de Jacques. Il allait frapper, il frappait...

Antoinette se précipita sur lui, retenant son bras.

Louvard était tombé sur les genoux, le corps rejeté en arrière, l'épouvante sur le visage.

Jacques se laissa désarmer par sa fille.

Puis, au fugitif, sans le regarder, d'un ton intempératif et bref :

— Va-t'en !

Pierre Louvard était haletant, épuisé, livide. Ses vêtements en lambeaux, couverts de fange. Quelque chose d'ignoble. Une hyène aux abois.

Cependant, il voulut gouailler de sa voix crapuleuse :

— Eh ben ! eh ben ! c'est donc une chimère que l'amitié !

— Va-t-en ! répéta Jacques avec une telle résolution, une telle autorité, que le sourire effronté de Louvard devint une piteuse grimace. Il ne lui restait plus qu'à déguerpir au plus tôt.

D'une allure cauteleuse et lâche, presque rampante, il gagna la porte.

Mais comme il franchissait le seuil, le pas des chevaux se fit entendre non loin de là, dans le chemin.

C'étaient les gendarmes qui s'en revenaient par la route de la côte.

Pierre Louvard rentra vivement.

— Je suis pris !

Puis l'œil hagard, tout plein d'effroi, indiquant de sa main tremblante un tas de fagots, de mannes, de filets, d'engins de pêche, sous lequel il s'était déjà ménagé un gîte :

— Jacques !.. Jacques !

Les gendarmes venaient de quitter le chemin ; ils se dirigeaient vers la masure, ils n'étaient plus qu'à quelques pas.

Jacques eut honte de livrer un fugitif ; il fit un geste de consentement.

Avec la promptitude d'une bête pourchassée qui se terre, Louvard disparut.

Il était temps. Le brigadier venait de descendre de cheval ; il parut sur le seuil.

Derrière lui, ses deux hommes encore en selle.

— Bonsoir, Jacques... C'est vous, n'est-ce pas, que j'ai hélé tout à l'heure de la plage. Vous n'avez rien de nouveau à me dire ?

— A propos de quoi ?

— A propos du particulier duquel nous sommes à la poursuite. Il nous échappe, le gredin. Buisson creux ! J'en ai le gosier sec. Si la requête n'est pas intempestive, un verre de boisson, s'il vous plaît ?

— Tu entends, Toinette ?

Elle prit le pichet sur la table, et s'en fut au tonneau qui était là dans la pièce même.

Le brigadier était entré, regardant de ci,

regardant de là, sans aucun soupçon peut-être, par habitude, par devoir. Il n'avait que de bons renseignements sur Jacques. Mais il y a l'instinct du métier.

Il s'en alla jusqu'aux fagots. Du bout de son fourreau de sabre, il en fit rouler un ; il s'assit dessus.

Rien n'avait bougé, rien n'avait paru.

Toinette revint avec un verre et le remplit. Le brigadier, but, se pourlécha la moustache, et, rendant le verre à l'enfant, désigna les deux gendarmes.

Cependant Jacques avait demandé ce dont il s'agissait.

Le brigadier lui répondit :

— Un nouveau méfait du nommé Pierre Louvard... que je soupçonne fort d'être un repris de justice. Le vol atteste une main qui n'en est pas à son coup d'essai. Un vol conséquent, plus de cent mille francs... et très-portatif... dans un porte-feuille, en billets de banque. Ah ! si vous pouviez mettre la main dessus, père Jacques, fameuse aubaine !

Tout en disant cela, le brigadier mettait le pied dans l'étrier.

— Chez qui donc ce vol ? questionna Jacques.

— Chez un filateur de Pont-l'Evêque, M. Aubertin.

Jacques ne put retenir un brusque mouvement vers la cachette.

— Plaît-il ?... fit le brigadier qui tourna la tête tout en enfourchant son cheval.

Mais déjà Jacques avait eu le temps de la réflexion :

— Rien.

Quelques instants plus tard, le bruit des chevaux se perdait dans l'éloignement.

Jacques, debout sur le seuil, regardait vaguement à l'horizon, une main oubliée sur la tête de sa fille, qui, l'épaule à la ceinture de son père, lui tenait l'autre main, tout en levant vers lui son regard tendrement inquiet.

A l'intérieur, aux clartés mourantes du jour, sous les filets, sous les bourrées, s'allongeait la tête encore effarouchée de Pierre Louvard.

Silencieusement, il risqua un bras, l'autre bras, tout le corps, longea la muraille, aspirant à l'issue, tout prêt à s'enfuir.

Jacques se retourna soudainement, ferma la porte, mit le verrou.

— Allume. Nous avons à causer cet homme et moi.

V

Il y avait tant de calme, tant de placidité dans l'attitude, dans la voix de Jacques, que Louvard, tout d'abord anxieux, se reprit à l'espoir d'un retour amical, hospitalier.

— A la bonne heure ! dit-il en venant s'asseoir auprès de la table sur laquelle Antoinette posait une lumière, à la bonne heure, tu te souviens... tu ne me renvoies plus... Il est vrai que tu sais maintenant que j'ai le sac. Oh ! ce n'est pas un reproche... tout le monde en ferait autant... la loi de nature.

Jacques l'avait laissé dire. Debout, en face de lui, le sourcil froncé, la physionomie impénétrable, il le regardait fixement, étrangement.

— Ainsi, questionna-t-il enfin, ainsi c'est donc bien toi qui as volé M. Aubertin ?

Le misérable, après un regard circonspect, mystérieusement, presque avec orgueil :

— Oui.

Jacques ne put contenir un geste menaçant.

— Ne frappe pas, mais écoute... Écoutes-tu ?

— Parle.

Et Jacques s'assit de l'autre côté de la table.

Après tous les préludes oratoires, Louvard s'expliqua ainsi :

— J'ai eu des torts. Mais enfin, voyons, si nous avons été malheureux, maladroits, ce n'est pas ma faute, et je t'apporte une revanche. Ah ! ah ! ce mot-là te fait dresser l'oreille... Tu souris...

tu ne me croyais pas si généreux ?... Mais, mon bonhomme, si je ne garde pas le magot pour moi tout seul, si je veux bien t'associer... dans une certaine proportion... c'est que j'ai besoin de toi. Faut pas m'en vouloir... c'est encore dans la nature. Cache ton ami... donne-lui les moyens de fuir. Fuyons ensemble. L'union fait la force ! Je te promets des millions. Oui, ce que j'ai là, baga- telle !... un simple enjeu. Le noyau... le pépin... la graine... faut semer, multiplier. J'ai ma com- binaison, tout un plan d'agriculture !

Jacques, un coude sur la table, une main sur le genou, restait immobile et muet. Louvard avait beau faire, il n'en obtenait pas un mot, pas un regard, ce qui ne laissait pas que de lui causer une certaine angoisse.

— Hum ! hum... reprit-il. J'espère que tu n'as pas oublié notre excursion de l'autre côté du Rhin ?... là-bas... dans les casinos, kurshalls et autres tripots allemands ?... Ils m'ont revu, moi ;

j'ai bissé le pèlerinage... piquant la carte, étu-
diant, calculant, cherchant... et là, d'une façon
mathématique, j'ai trouvé le secret de gagner
toujours !

— Toi ?

Jacques releva la tête. Une flamme soudaine
s'était allumée dans ses yeux.

L'ancien joueur se réveillait en lui.

Comme pressentant le péril, Antoinette, qui
jusqu'alors était restée à l'écart, se rapprocha
peu à peu de son père.

Enchanté d'avoir frappé juste, certain d'être
écouté maintenant, Louvard poursuivit :

— Ce n'est plus une illusion, ce n'est plus un
leurre. Je te le répète, des millions ! Nous allons
faire sauter toutes les banques. Comme première
mise de fonds, que demandait mon système ? une
centaine de mille francs. Je suis venu jouer *Bruno
le fileur* à Pont-l'Evêque, et je les ai... Filons...
il me tarde d'être au tapis vert !

— Mais, observa Jacques, celui que tu as volé...

— Le patron ? Tu le plains... Qu'à ça ne tienne.
Je connais ses affaires. Cet argent-là ne le sauvait
qu'à demi ; il y gagnera plus encore que nous.
Suis mon raisonnement. Une barque que tu vas
dénicher quelque part nous conduit, cette nuit
même au Hâvre. A cinq heures du matin départ
du paquebot britannique. D'Albion au trente-et-
quarante vingt-quatre heures. En quelques tailles
l'argent du père Aubertin aura fait des petits.
Nous lui retournons, doublé, triplé, quadruplé...
Son petit million aussi, quoi !... Il nous remer-
cie, nous bénit... Qui est-ce qui nous disait donc
que nous l'avions volé ?... Nous sommes ses bienfaiteurs !...

Il s'était levé, regardant son hôte qui le regardait aussi, mais avec un effrayant sourire.

— Eh bien, balbutia-t-il tout étonné, tout
alarmé, eh bien donc !... qu'est-ce qui te prend,
Jacques ?

Jacques s'était redressé, le front haut, le regard dominateur.

— Cet argent, ce portefeuille... donne... il me le faut... je le veux...

— Pour toi seul ! tu veux tout !... Ah ! Jacques... Jacques... Mais réfléchis donc, à ton tour, tu aurais besoin de moi... Voyons je suis raisonnable... part à deux... la moitié.

— Misérable ! répondit enfin Jacques en lui mettant la main sur l'épaule, en le contreignant à se rasseoir tout grelottant de peur, tout affaissé, comme aplati sur sa chaise, misérable, qui ne peux supposer que le mal ! Mais sache-le donc, comprends-le donc, tu n'as pu que m'égarer, me pervertir un instant. Malgré ta dépravante influence, malgré mon crime d'un jour, malgré le châtiment, la prison, la misère, malgré tout, Jacques Morand est resté un honnête homme.

Antoinette saisit vivement la main de son père et la baisa.

— Pierre Louvard, poursuivit-il avec une amère fierté, tiens, je veux tout te dire, et devant cette enfant, comme moi ta victime. Compromis plutôt que coupable, mais enfin condamné, flétri, je courbai le front sous l'arrêt, j'entrai dans la prison, accablé, anéanti, un être inerte, un idiot. Ce morne désespoir me fit prendre en pitié. On m'entoura de soins, de consolations. Rien ne me ranimait. Mais quand on m'eut dit que la soumission au règlement, l'assiduité au travail méritait commutation de peine, tout aussitôt de l'activité, du zèle, une fiévreuse ardeur. Être libre, c'était revoir mon enfant, ma femme. Ah ! comme je les aimais, comme je me repentais maintenant ! Comment vivaient-elles ? Je ne leur avais rien laissé... rien. Enfin, je sors, j'arrive. Épuisée par les veilles, à bout de forces, Louise se mourait. Elle m'avait attendu pour me léguer sa fille, une sauvegarde. Je cherchai du travail, un emploi. Fatalement, on me reconnut. Partout éconduit, de plus en plus craintif, j'espérai me confondre dans la foule des ouvriers ; là encore, toujours des sourires, des mots insultants. Une invincible terreur s'empara de moi. Il me semblait que ma condamnation était là, imprimée sur mon front, que tous les regards l'y pouvaient lire. Un jour enfin, je me rappelai cette plage écartée, presque inconnue, où jadis, au lendemain de mon mariage, j'avais passé quelques jours heureux. Rien que des paysans, des pêcheurs ; personne ne saurait ! Et puis, il y avait la mer, au bord de laquelle on trouve à gagner son pain, sans patron, sans associés, sans camarades, seul. J'emportai mon enfant. Je vins ici, j'y vécus, non pas oubliant, mais oublié. Du calme, le sommeil conquis par la fatigue, quelques joies, peut-être un peu d'estime .. Et te voilà !... Tu veux que je recommence ?... Oh ! non, non !... Cet argent volé, je le veux... mais pour le reporter à qui il appartient , pour le lui rendre !

Jacques était superbe d'indignation, de loyauté, de volonté.

Mais c'en était trop pour Pierre Louvard. A l'idée d'une restitution, il se révolta :

— Quoi !... rendre ?... rendre tout ! ah ?... nisco !... serviteur de tout mon cœur. Au plaisir dé ne pas te revoir.

Il voulut s'élancer vers la porte ; Jacques lui barra le chemin.

— Ah ! des manières ?... Laisse-moi vivement déguerpir, ou je te supprime.

Un pistolet brillait dans les mains de Pierre Louvard. Il ajusta Jacques. Jacques haussa l'épaule et se prit à rire.

Le misérable dirigea son arme contre Antoinette.

— Gare à l'enfant !

D'un bond, Jacques fut sur lui, saisit sa main, lui tordit le poignet. Une courte lutte. Le coup partit, séparant les deux hommes. Louvard recula en chancelant, battit l'air des mains et s'affaissa sur lui-même.

— Ah ! bandit !,.. tu m'as tué !

Antoinette, avec un cri d'effroi, s'était précipitée vers son père. Il la reçut, l'abrita, la cacha dans ses bras, craignant de regarder lui-même.

Durant quelques secondes, profond silence.

Jacques sentait qu'il venait de tuer un homme.

Il sentit aussi que sa fille perdait connaissance ; il s'empressa de la porter, évanouie, sur le grabat.

Puis enfin il se retourna, avança la tête, osa un regard.

Adossé contre les fagots, Louvard était assis par terre, immobile, la bouche contractée, les yeux démesurément ouverts, fixes, éteints.

Ce n'était plus qu'un cadavre.

De ses deux mains crispées il semblait retenir encore le portefeuille, qui sortait à demi de la poche de sa veste.

Sur la poitrine, du sang... à la place du cœur.

— Mort ! dit Jacques.

Et, tout frémissant, il regarda autour de lui. Ce mot, ce mot terrible lui semblait avoir réveillé de toutes parts des échos, dans la masure comme au dehors.

Il alla jusqu'au seuil, et plongea son regard anxieux dans la nuit.

Une nuit noire. Dans le mugissement lointain de la mer, dans la plainte du vent de novembre, jusque dans le bruissement des feuilles sèches, sur lesquelles de temps en temps la note isolée d'une goutte de pluie, comme des voix accusatrices.

Jacques leva les yeux vers le ciel sombre, et fit le signe de la croix, pour demander pardon à Dieu.

Puis il rentra dans la masure.

Un regard à l'enfant, un regard au cadavre.

— Mort !... chez moi... par moi !... Cet argent qu'il avait... ces taches de sang... une première condamnation... on m'arrêtera... C'est encore la

prison ; la cour d'assises !... Même acquitté... je
n'en veux pas !...je n'en veux pas !... Il faut disparaître... il faut fuir !... Mais la petite !... Et
puis cet argent... Ah ! c'est une inspiration du
ciel !...

Il alla prendre le portefeuille, revint près du lit,
enveloppa sa fille dans une couverture, et, chargé
de ce cher fardeau, sortit rapidement.

Sans même regarder derrière lui, il franchit le
plateau, gagna le chemin.

La pluie tombait plus drue, fouettant son visage.
Devant lui, les ténèbres devenaient encore plus
épaisses. Un vent glacial.

Il marchait, il courait, n'ayant d'autre souci
que de garantir l'enfant.

Au bout d'un quart d'heure environ, elle rouvrit les yeux et frissonna.

— N'aie pas peur ! c'est moi, aucun danger,
mais la prudence exige que je te quitte pour
quelque temps... je reviendrai..... Il faudra ne

pas avoir de chagrin. Il faut m'obéir... et, pour commencer, refermer les yeux. Dors! Je le veux, je t'en prie, dors !

Et, pressant encore le pas, parfois même en droite ligne, à travers prés, à travers bois, impatient du but, il allait, il allait toujours.

V I

Rappelez-vous M. Aubertin, ce vieux soldat esclave du devoir, cet intègre négociant qui n'a que sa parole.

Nous le retrouvons dans son cabinet, assis devant son bureau.

Il est cinq heures du matin.

Une bougie qui brûle depuis la veille au soir, éclaire, à portée de la main du filateur, des papiers classés avec ordre, un résumé de comptes

qui vient d'être établi, plusieurs lettres cachetées
déjà, une dernière qu'il achève d'écrire.

Il est calme, mais grave, comme il l'était jadis
en tête de ses soldats, au moment d'une bataille.

Cependant un peu plus triste, un peu plus pâle.
Parfois il s'interrompt, devient songeur, fait un
mouvement comme pour chasser une pensée im-
portune, passe la main sur son front, sur ses yeux,
et reprend son travail.

La lettre, enfin, se termine. Il la relit avec une
émotion contenue, la referme dans une enveloppe,
y imprime son cachet, souffle la bougie.

Le jour est venu. Six heures sonnent à la pen-
dule. Un instant après, la cloche de la fabrique se
fait entendre.

Un amer sourire soulève la moustache grise de
M. Aubertin. Avec une certaine mélancolie, mais
cependant d'une voix ferme :

— Mon dernier jour ! a-t-il dit. Ma dernière
heure ! dit-il. Cette cloche, que depuis trente

années j'entends chaque matin, je ne l'entendrai
plus !

Puis, allant soulever le rideau :

— On ouvre les ateliers... Les ouvriers en
entrant, regardent par ici. Ils espèrent encore.
Moi, je n'espère plus.

Et, dans ce même moment, se reprenant à l'espérance :

— Cependant, si l'on était venu... si la justice
avait retrouvé...

Il vient d'agiter une sonnette, un vieux domestique paraît presque aussitôt. Entre son maître et
lui comme une vague ressemblance. On devine
l'ancien compagnon d'armes, l'ancien brosseur.
Seulement, dix ans de plus.

— Eh bien, Joseph ?

— Rien de nouveau. Personne...

Et, sur le mouvement de son maître :

— Mon commandant, je vous en conjure, prenez
quelques instants de repos.

— Oui, je vais me reposer. Laisse-moi mon vieux Joseph... Va...

Mais, au moment où le grognard va sortir, il le rappelle tout à coup pour lui serrer la main.

Joseph s'éloigne, disparaît, mais non sans le geste d'une soudaine détermination qu'il viendrait de prendre en lui-même.

Resté seul, le filateur ferme la porte, tire le verrou, redescend au bureau, et, sur l'enveloppe encore blanche de la dernière lettre qu'il vient d'écrire, écrit cette suscription : « A mon fils Georges. »

Puis, dans le secrétaire, il va prendre une boîte... une boîte à pistolets.

— Allons ! il le faut !... Tout est en ordre... Les dernières volontés du négociant... celles du père.

A ce mot, cet homme de bronze s'émeut enfin. Un sanglot lui monte à la gorge.

— Oh ! mes enfants ! mes pauvres enfants !

Il s'est caché la tête dans les deux mains : il pleure.

— Ils sont là tous les deux !... Zoé !... Georges !... Ils dorment !... Tout à l'heure, quel réveil !... Et ne pas même les revoir, les embrasser une dernière fois !

Mais, s'arrêtant tout à coup, domptant son émotion, se roidissant dans toute son énergie, dans toute sa volonté :

— Allons ! pas de faiblesse... Il le faut !... il est temps !...

Déjà redevenu calme, impassible, il ouvrit la boîte, chargea méthodiquement ses pistolets, les posa sur l'angle du bureau.

Il venait de songer à Dieu.

Lentement, il mit un genou en terre, et, pour se recueillir, baissa la tête

Dans ce mouvement, il aperçut son ruban rouge, le retira de la boutonnière, l'éloigna de son regard avec un triste sourire, un sourire d'adieu.

Puis, les yeux au ciel, il avança la main vers les armes.

Une autre main se rencontra sous la sienne.

Celle de Georges.

Depuis quelques instants déjà, par une autre porte s'ouvrant en silence, le vieux Joseph avait introduit son jeune maître.

— Père, dit-il, le courage n'est pas là. Tu fais fausse route.

— Mon fils !... mon fils... oublies-tu que je suis un vieux soldat ?

— Aujourd'hui, tu es un négociant ; autres devoirs. Il ne s'agit plus d'affirmer un droit ni de défendre ton pays, mais de payer tes dettes.

— Les payer !... oh ! comment ?

— Je ne sais pas encore ; mais il doit y avoir un moyen. Se tuer, c'est fuir. Le courage, l'honneur, c'est vivre, rester sur la brèche et combattre, c'est-à-dire travailler. Me voici... travaillons, cherchons ensemble.

La ferme douceur, la juvénile dignité, la brave raison du fils attendriront le cœur du père, mais sans ébranler encore sa résolution.

Il venait de l'étreindre dans ses bras; il l'éloigna tout aussitôt, répondant :

— Impossible! te dis-je, j'ai tout essayé, tout calculé...

L'élève de l'École centrale répondit :

— Tu n'es pas un mathématicien, toi. Nous autres, tout ce qui ressemble à une difficulté algébrique nous tente. Ta situation, problème. Et d'abord, il y a le bien de notre mère. C'est justement demain ma majorité; comme ça se trouve !

— Cher et généreux enfant ! répliqua le père. Oh! je serais convaincu, sauvé par toi... si la chose était encore réalisable. Elle ne l'est plus, depuis ce vol. Oh! le misérable ! ce n'est pas seulement de l'argent qu'il emporte, c'est mon honneur, c'est ma vie... Tu ne crois pas ? Eh bien, écoute, et que le fils juge son père.

— Soit ! accepta Georges. Prouve-moi que tu
as raison de vouloir mourir, et ces armes que je
viens d'écarter de ton front, moi-même je te les
rendrai... sur l'honneur...

Aubertin regarda Georges, qui soutint bravement ce regard. Sur son visage presque imberbe
encore, le calme viril d'une énergique droiture.
Ce qu'il venait de dire, il le ferait. Le fils de son
père.

Joseph, craignant de devenir indiscret, disparut.

Après s'être un instant recueilli, le filateur
commença en ces termes :

— Je ne te parlerai pas de notre fortune enga-
gée, engrenée dans cette tentative d'exportation...

— Qui donc oserait vous en blâmer, mon père !...
une affaire nationale, et qui, d'ailleurs, n'a pas
dit son dernier mot. Pour ma part, j'y compte.

— Au moins, faudrait-il pouvoir attendre.
Quand la crise est survenue, la plupart des fabri-

cants fermèrent leurs ateliers. Je fus moins prudent.

— Dites plus généreux...

— Cette générosité ne pouvait être durable.
Bientôt je me vis contraint de ne plus garder que
mes ouvriers les plus anciens, les plus vieux, les
plus chargés de famille... et ceux-là même, de ne
plus les employer bientôt que trois jours, deux
jours par semaine. Juste de quoi gagner du pain.
Ce pain, voici près d'un mois qu'ils l'attendent.
D'autre part, une forte échéance... Toutes mes ressources étaient épuisées. Je cours trouver un ami...
il emprunte, il engage tout ce qu'il possède. Il me
le donne, et... c'était cet argent. Ah ! lui-même
il ne voudra pas croire qu'on me l'ait volé.

— Mon père !

— A moins que je ne meure. Moi vivant, on
dirait que ma ruine est feinte et que je n'ai pas
voulu faillir les mains vides !... Faillir !... moi !
Ah ! penses-tu donc que je vous quittais de gaieté

do cœur, mes enfants !... Non ! non ! ceci n'est point une circonstance ordinaire. J'ai lutté jusqu'au bout, je prévois tout ce qui se passera, je no me trompe pas. Pour mon honneur, pour le vôtre, il le faut... il le faut ! .. Es-tu convaincu, Georges ?... Donne-moi ces armes.

— Encore une fois, non, mon père. On t'estime, on t'aime.

— On m'estime !... Hier, quand j'ai refusé les traites en alléguant ce vol, l'huissier s'est pris à sourire et m'a répondu : « Vous réfléchirez, vous chercherez encore, je reviendrai demain. » On m'aime ! Mais écoute donc ce bruit, ces clameurs... regarde...

Sans quitter de la main la boîte aux pistolets, de l'autre main Georges souleva le rideau.

Dans la cour, les ouvriers s'ameutaient, s'excitaient les uns les autres. Avec des gestes menaçants, ils désignaient la maison ; ils allaient l'envahir.

— J'étais sévère, exigeant envers eux, dit le filateur, c'est à leur tour.

Le vieux Joseph rentra tout à coup, pâle, en désordre, exaspéré.

— Ah! mon commandant, mon maître... jamais je n'aurais cru pareille chose.

— Rassure-toi, mon vieil ami, parle.

— Ce matin, tout à l'heure, on ne s'était mis à la besogne qu'en rechignant. Ils ont vu revenir l'huissier, ils se sont figuré qu'on allait le satisfaire à leurs dépens. De là, explosion générale. Le contre-maître lui-même... oui, Robert, qui d'abord s'efforçait de les contenir, a fini par se laisser monter la tête comme les autres. Les voici.

Sur le seuil, effectivement, quelques premières figures se hasardaient, un peu intimidées par la vue du patron.

Derrière ceux-là, d'autres plus ardents, plus audacieux, déjà proféraient ces cris :

— C'est les ouvriers qu'il faut payer tout d'abord !... Les ouvriers avant tout !... Faisons respecter notre droit !

Georges fit un pas vers Robert.

— Oh ! monsieur Georges, dispensez-vous de la harangue. Ventre affamé n'a pas d'oreilles. On a serré sa ceinture tant qu'on a pu. Ni, ni, c'est fini. Nos femmes, nos enfants, nous-mêmes nous avons faim... notre argent !

— Mais un peu de patience, au nom du ciel !... s'écria le jeune homme qui commençait à s'emporter. Quelques heures... vous nous connaissez... vous avez appris le vol...

Au mot de vol, il y eut un ricanement.

Le père et le fils échangèrent un regard.

— Georges ! tu me l'as juré... rends-moi ces pistolets.

— Soit !... un pour chacun, mon père... En même temps tous les deux.

Par un fier mouvement de tête, il venait de rejeter en arrière sa longue chevelure. Il était charmant ainsi, de résolution, de loyauté, de bravoure.

Cependant, on avait aperçu l'huissier. Sa vue mit le comble à la colère des ouvriers. De toutes parts ces apostrophes :

— Le vol !... A d'autres !... Connu !... Louvard a bon dos !... On n'en veut pas du portefeuille bourré de billets de banque... on n'y croit pas à l'argent volé !

Tout à coup, cette masse compacte s'écarta violemment rompue par un homme qui, passant au travers , vint déposer un portefeuille sur le bureau :

— L'argent volé, le voici.

Cet homme, c'était Jacques.

VII

Jacques était arrivé vers le milieu de la nuit, droit à la filature.

Naturellement, la grille était close, la maison muette ; pas une lumière ; la fenêtre du bureau donnait sur le jardin.

Après quelques hésitations, Jacques avait cherché, trouvé le bouton de la sonnette. Mais on sait combien le malheur l'avait rendu craintif ; il n'avait pas osé sonner. Un chien aboya. Il s'enfuit.

7

Du côté du chemin de fer, alors en construction, une sorte de baraque abandonnée ouverte à tout venant, se rencontra sur ses pas. Il s'y réfugia, il s'y blottit, sa fille sur ses genoux.

L'enfant s'était réveillé. Au milieu de la nuit noire, au milieu du profond silence, il y eut entre eux un entretien suprême. Jamais encore, dans la tendresse de ce pauvre père, autant de sollicitude, autant de passion. Il avait des fougues d'amour, des adieux déchirants ; puis, il se préoccupait de tout, des moindres détails. « Je reviendrai bientôt... Ne te fais pas de chagrin... si je pouvais t'emporter dans mon cœur !... Que je t'embrasse encore. Oh ! je te mangerais de baisers !... Il y a là, dans ce petit paquet, ta robe des dimanches et tes souliers neufs, tu sais. Tu tousses un peu, faudra dire qu'on t'achète quelque chose de bon pour le rhume... Tu ne m'oublieras pas, j'espère... Ah ! tiens ! moi qui ai oublié ton petit livre de contes... Mais tu en trouveras d'autres là-bas,. et de biens plus beaux. Je te dis que ce n'est que pour quelques jours... Ne pleure donc pas... Tu as froid. Si tu tâchais de te rendormir. Oh! que je t'aime ! »

Elle, encore sous l'empire de l'effroi, de l'émotion, de la fatigue, à demi-engourdie, un peu fiévreuse, pressentant une plus longue séparation, mais voyant son père si malheureux, ne songeant qu'à lui obéir : « Oh ! tout ce que tu voudras, tout ce que tu voudras, petit père ! »

Et puis, de longs silences durant lesquels, se tenant les mains sans rien dire, on pleurait.

Ce fut ainsi que le jour arriva.

Un son de cloche passa dans l'air.

— Ah ! fit Antoinette, la cloche de la filature.

— Allons, dit Jacques, il est temps.

Mais dans la cour, des ouvriers, du monde. A qui s'adresser pour parvenir jusqu'à M. Aubertin ?

Antoinette eut une idée.

— Madelon se lève de bonne heure, dit-elle, si j'allais demander à Madelon?

— Va. J'attends.

Au bout d'un quart d'heure, Madelon revint, mais seule.

— S'il y a du bon sens! Faire voyager cette pauvre Toinette par une pareille nuit! Je viens de la consigner au coin du feu, dans un bon fauteuil, et vais lui faire prendre quelque chose de chaud... pauvre petite!.. Mais vous? c'est monsieur que vous désirez voir? Tenez par là... suivez les autres...

Jacques lui prit les mains, et les serrant dans les siennes :

— Vous aurez bien soin de l'enfant, n'est-ce pas?

— Jour de Dieu! mais c'est mon métier... et je l'aime tout plein, cette petite sauvage de Toinette!

Jacques eût embrassé la bonne vieille, mais elle

s'en retournait déjà, alerté et reprenant son bienveillant monologue.

On sait comment Jacques était arrivé.

Un coup de théâtre.

Déjà le filateur avait reconnu son portefeuille.
Il l'ouvrit vivement, et, des deux mains, avec
joie, avec fierté, étalant les billets de banque :

— C'est bien cela !... tout y est !... Douterez-
vous maintenant ?

Le plus penaud de tous c'était le contre-maître.

— Qui est-ce qui a dit que ce n'était pas vrai ?
s'écria-t-il. Ah ! le brigand... si je le connaissais
celui-là !...

Georges, non moins digne dans la bonne fortune
que dans la mauvaise :

— Descendez tous, c'est moi-même qui vais
vous payer. La caisse est ouverte.

— Monsieur Georges, balbutia Robert tout
repentant, faut pas nous en vouloir. Il y avait
les femmes qui faisaient le diable à la maison...

il y avait les petits qui demandaient du pain.

Quelques instants plus tard, dans le bureau, il ne restait que Jacques et M. Aubertin.

Celui-ci, le front radieux, le visage souriant, les yeux pleins de larmes :

— Ah ! mon ami !... mon sauveur !... je n'oublierai jamais... ma reconnaissance... comptez-y... vous êtes ici chez vous... vous ne nous quitterez... notre amitié... Mais comment ? .. ce Louvard...

— Il est mort... je l'ai tué.

Le filateur, qui depuis quelques instants serrait les mains de Jacques, l'étreignait dans ses bras, se recula tout-à-coup.

Alors seulement Jacques lui apparut, non plus à travers le service qu'il venait de rendre, mais tel qu'il était réellement, souillé de fange, en désordre, la pâleur sur le visage, une sorte de fatalité sur le front.

— Mais qu'avez-vous donc , Jacques ? Que dites-vous ?

— Je vous dit que je l'ai tué... il menaçait ma fille... Mais enfin, vous comprenez cela, la mort d'un homme...

— Remettez-vous, mon ami. J'ai été soldat, j'ai vu des champs de bataille, et moi-même...

— Peut-être... mais vous étiez sans reproche, vous. Avant les taches de sang, pas d'autre tache... Tandis que moi !... moi !... on ne me croirait pas... J'avais participé à l'un des crimes de cet homme, et subi le même châtiment... c'était mon complice !

Le front du commandant Aubertin se rembrunissait. Esclave de l'honneur, esclave de la loi, il commençait à sentir l'homme flétri par la loi, l'homme ayant forfait à l'honneur. Une instinctive répugnance, quelque chose de glacial et de hautain se répandait dans toute sa personne. Il retirait la main, son front devenait sévère.

Cependant, comme c'était une brave et généreuse nature, il voulut secouer ce mauvais sentiment, vaincre cette répulsion, ne plus écouter que la voix de la reconnaissance.

— Jacques, reprit-il, je ne vous comprends pas, je ne veux pas vous comprendre... C'est le souvenir de quelque malheur immérité qui vous égare... une erreur de jeunesse dont vous exagérez les remords... une de ces fautes que le temps fait oublier, dont il ne reste aucune trace... Eh bien, que je sois seul à savoir... Mieux encore, vous ne m'avez rien dit, je ne sais rien... rien !

Parler ainsi de la part de cet homme rigide, c'était de l'héroïsme.

Jacques le comprit.

— Ah ! vous êtes bon ! répondit-il, et l'enfant sera heureuse ici... la petite... ma fille... elle est là... Je l'ai amenée... J'accepte pour elle. Rien pour moi... Je dois expier... Je veux souffrir... et pour commencer, ne pas même la revoir... m'en aller tout de suite, et bien loin... ne revenir jamais... Vous ne voulez pas admettre que je sois indigne de votre miséricorde... Il vous faut une preuve... eh bien ! tenez !... tenez .. lisez...

Le malheureux présentait un lambeau de journal judiciaire qu'il venait d'arracher de la doublure de sa veste, et que sans doute il portait sur lui comme un cilice. De sa main tremblante, il indiquait sur le papier jauni ce titre : « *Affaire Louvard et Morand.* Un faux !... Une condamnation infamante. »

— Jacques Morand, c'est moi.

A mesure que l'austère négociant lisait, l'autre courbait le front.

Quand ce fut terminé, Aubertin se dirigea vers le feu, y jeta le journal, et répondit :

— Vous avez raison de partir, monsieur, partez.

Et sa main alla chercher des billets de banque.

— Non ! se récria Jacques, je vous l'ai dit : Rien pour moi, tout pour elle !

Il avait relevé la tête. Il s'éloignait.

Aubertin le rappela du geste.

— Soit ! pas cela !... Autre chose que vous ne refuserez pas. Suivez-moi.

Il avait ouvert la petite porte ; il disparut, marchant sans bruit.

Jacques l'imita.

Au bout d'un corridor, la chambre de mademoiselle Aubertin.

Là, Antoinette, au coin du feu, dans le grand fauteuil.

Par bonheur elle était endormie.

Veillant sur elle, Zoé et Georges.

Tous deux ils firent un signe de silence.

Aubertin montra l'enfant.

Domptant son émotion, Jacques s'en approcha.

Du geste Aubertin semblait dire : Ce sera ma fille ; Georges et Zoé : Ce sera notre sœur.

Arrivé près du fauteuil, Jacques s'agenouilla, prenant bien garde de réveiller l'enfant. Après quelques instants d'une muette contemplation, il toucha du bout du doigt la petite robe, il avança les lèvres, il y mit un long baiser.

Puis, ayant peur de crier, mordant ses lèvres, étouffant ses sanglots, mais le regard toujours fixé sur sa fille, il s'éloigna à reculons, il disparut.

Mais auparavant, à voix basse :

— Merci, monsieur Aubertin... nous sommes quittes.

VIII

Cinq ans se sont écoulés.

La filature Aubertin s'est considérablement accrue, embellie. Une aile de plus à la maison, toutes sortes d'annexes nouvelles pour les ateliers, le jardin devenu un parc. Bref, tout à la fois l'une des plus importantes usines et l'une des plus confortables habitations du Calvados.

Il est sept heures du matin. Une fraîche et délicieuse matinée de printemps. Sur les gazons,

dans le feuillage, encore des gouttes de rosée.
Partout, jusqu'à dans l'ombre, le soleil pénètre
et rit. Les eaux frissonnent, les fleurs embaument,
la brise s'en donne à cœur joie. Pour tout bruit,
des gazouillements d'oiseaux, le bourdonnement
lointain de la ruche industrielle, et là, tout près,
par cette fenêtre entr'ouverte où flotte un rideau
coquet, les sons d'un piano, une symphonie de
Thalberg.

Dans le jardin se promène un jeune homme,
vêtu d'un élégant costume de cheval. Sur ses
hautes bottes vernies, quelques traces poudreuses.
On devine qu'il ne part pas, mais qu'il vient d'arriver. Taille svelte, tournure aristocratique, physionomie ouverte et gaie, quelque peu railleuse.
Tout à la mode du jour; un jeune viveur, un
gandin.

Il attend. Tout d'abord il a paru subir le
charme de ce milieu calme, honnête, bourgeois.
Mais dès les premiers accords de l'instrument :

— Aïe ! un piano !... Quoi ! même à Pont-l'Évêque !... On devrait avertir... Eh ! eh !... pas si abominable... du rhythme... du brio... du talent... et puis quelque chose de tendre et de doux... qui fait bien dans le paysage... Ce doit être une femme... une jeune fille... jolie... Que dis-je ?... C'est un morceau à quatre mains... elles sont deux.

Une voix insinuante répondit à ses côtés :

— Oui, monsieur, les deux font la paire, et tapotent aussi agréablement l'une que l'autre... M. Georges va venir dans un instant, qu'il m'a dit de vous répondre.

C'était un jeune nigaud, visant à l'air malin, coiffé prétentieusement, comme un garçon de café. Traits caractéristiques : de petits yeux ronds, un sourire satisfait de lui-même, et le nez au vent. Vous souvenez-vous d'Odry, ou bien avez-vous vu son portrait ? C'était cela. Nonobstant, dans la tournure, dans la physionomie, une importance comique. On sentait en lui le beau parleur, l'ambitieux peut-être.

Se rapprochant du jeune homme, avec un air d'obséquiosité, de mystère :

— Monsieur n'aurait pas besoin d'un valet de chambre ? J'en connais un qui ferait bien l'affaire de monsieur.

— Bah ! qui donc ça ?

— Moi.

— Toi, mon garçon ? Mais n'es-tu pas jardinier ?

— Pas même, monsieur ! Ils ne savent pas m'apprécier. Je suis, ou plutôt je n'étais qu'un simple artisan, un humble rattacheur de coton. On ne m'emploie ici qu'au provisoire. Je ratisse, j'arrose... mais je n'étais pas né pour ça, foi de Nicolas ! Ce qu'il me faudrait, je le sais bien.

— Quoi donc, monsieur Nicolas ?

Après un regard circonspect, Nicolas, jusqu'alors

dédaigneux, mélancolique, lâcha soudainement la bride à son enthousiasme.

— Paris ! une livrée ! être domestique !... Ah ! domestique ! voilà mon rêve ! Car enfin, connaissez-vous un état qui vaille celui-là ? Nourri, logé, habillé, éclairé, chauffé, servi... Non, pas ça, c'est les domestiques qui servent... Mais à part ce détail, rien à faire. Un métier de prince. Si le gigot devient trop cher, ça regarde le maître. Si les loyers augmentent, encore le maître... toujours ce pauvre maître ! C'est lui qui se fait de la bile, c'est lui qui trime ; quelquefois même, c'est lui qui vous promène. On se croise les bras dans la voiture, il conduit... fouette cocher ! Je suis certain que monsieur me conduirait ainsi.

Le jeune homme se contenta de lui rire au nez, puis courut vers Georges Aubertin, qui venait de paraître à l'issue d'une allée.

Nicolas, avec un geste superbe :

— Encore un qui ne me comprend pas ! C'est

donc mon sort de rester méconnu. O destinée !
Mais je ne te céderai pas. Je forcerai la porte des an-
tichambres ! Je serai laquais ! Je vivrai parmi les
cameristes habillées de soie ! Oh ! la soie ! le satin !
le velours ! Et puis, comme dans les comédies,
comme dans les romans : « Bonjour ! Lisette ! »
On lui prend la taille, on l'embrasse. Oh ! Lisette !
Lisette !

Ce beau rêve fut soudainement interrompu. Nicolas bondit, jetant un cri de douleur. Une main
de femme venait de lui pincer le bras.

— Suzon !

C'était Suzon, la belle laitière de la vallée d'Auge,
qui, sa boîte au lait sur la hanche, s'en venait
comme chaque matin approvisionner la filature.

Un superbe brin de fille, à la carnation splen-
dide, à la verte allure, aux traits dignes d'un
trône... à l'époque où les rois épousaient des ber-
gères.

Suzon ne visait pas si haut. Elle aimait tout

bonnement Nicolas, son promis. Elle voulait qu'il tînt sa promesse.

— Ah ! je t'y prends gueusard ! Encore tes lubies de grandeurs. J'ai tout entendu. Qu'est ce que c'est que cette Lisette à laquelle vous rêviez tout éveillé ?

— Jalouse !

— Mais oui, c'est mon droit. Tu m'as juré d'être mon mari ; je te veux, je t'aurai, ou sinon...

— Des menaces ! Eh bien, je ne le dissimulerai pas davantage. C'est plus fort que moi... le destin m'entraîne. Il faut que je trouve une condition à Trouville, il faut qu'on m'emmène à Paris.

— A Paris ! à Paris, Nicolas ! Eh bien, et moi ?

— Toi Suzon ! Eh bien, tu m'attendras dans la vallée d'Auge, dans le laitage. Je reviendrai.

— Nicolas !

— Que veux-tu ? c'est ma vocation d'avoir des galons, des bottes à revers, et de me faire un sort

parmi mes égaux, messieurs les jockeys et mesdames les cuisinières.

Suzon venait de supplier, elle se fâcha tout
à coup.

— Nicolas ! Nicolas ! pas de bêtises. Si tu y
vas, j'irai.

— Toi, Suzon ?

— Moi, Suzon ! Et ce sera bientôt fait, si je
veux prêter tant seulement l'oreille aux compliments de beaux messieurs. Tiens, pas plus tard
que tout à l'heure, un encore, et bien avenant, ma
fine ! qui m'en proposait une de condition à Paris.

— Ah ! je serais curieux de t'y voir.

— Tu m'y verras, Nicolas !... et avec de la soie,
si ça me fait plaisir... et avec des rubans qui s'en
iront à une lieue derrière mon dos... et avec des
plumes qu'on en pourrait épousseter le clocher de
Pont-l'Évêque. Ah ! mais...

Nicolas haussait les épaules, en se rengorgeant
avec des airs de supériorité burlesque.

La colère de Suzon ressemblait à son lait bouillant ; une fois montée, tout débordait.

— Sans compter, poursuivit-elle, qu'au lieu d'être domestique, j'en aurais, moi, des domestiques... et qui sait ?... toi peut-être !...

— Il faut en rire, il faut en rire.

— Tu veux des preuves... Eh bien, soit ! on va t'en bailler, mon mignon.

Elle venait d'apercevoir les deux jeunes gens, Georges et son ami, qui s'approchaient en causant.

Courir à ce dernier, lui faire une belle révérence, ce fut l'affaire d'un instant.

— Votre servante, monsieur Henri.

Lui, la lorgnant :

— Tiens ! c'est Perrette et son pot au lait. Bonjour, Suzon.

— Ah ! c'est déjà ça, vous me reconnaissez.

— Et pourquoi diable ne te reconnaîtrais-je pas, ma Vénus normande ? Durant la saison dernière, à Trouville, je t'ai répété chaque matin que tu étais jolie à croquer.. et tout à l'heure encore, sur le chemin, que je te croquerais volontiers.

Georges fit un mouvement pour modérer son ami, Suzon cligna de l'œil vers Nicolas comme pour lui dire : « Attention, tu vas voir. »

— Puis, se retournant vers le jeune gandin, lui montrant son visage, qu'elle encadra du geste :

— Comment c'est-il ça ;

— Un charmant minois ! répondit-il.

— Et ça ? continua-t-elle d'interroger en ouvrant la bouche à triple sourire

— Les plus admirables dents du monde ; trente-deux perles dans du corail !

— Et ces yeux-là ?

— Deux saphirs ?

— Les cheveux ?

— La toison d'or !

— La taille ?

— Une taille de nymphe.

— Le pied ?

— Celui de Cendrillon.

Tout ce dialogue s'était si rapidement échangé, que Georges Aubertin, contenu par son ami, n'avait pas eu la possibilité d'intervenir encore. L'essayant enfin :

— Qu'est-ce que cela signifie, Suzon ?

— Ça signifie, monsieur Georges, que Nicolas veut s'en aller servir à Paris, qu'il m'a mise au défi de l'y suivre, et que je viens de lui prouver que j'ai tout ce qu'il faut pour faire le voyage. Oh ! n'ayez point peur, ma vertu n'y risquera que ce qu'elle voudra bien... Je suis Normande. Allais !... marchais !.. Quant à toi, Nicolas, te voilà prévenu. Si, dans trois mois, tu ne m'as pas menée devant M. le maire, je jette mon bonnet de coton par-dessus les moulins.

— Et moi, conclut Henri, je le ramasse... Quand tu voudras, Suzon.

Georges Aubertin prit la parole avec une certaine sévérité.

— Henri, nous sommes chez mon père... Suzon, garde ta sagesse et ton bonnet de coton, c'est là-dessous qu'est le bonheur.

— Mais cependant, si Nicolas...

— Nicolas n'est qu'un imbécile... Allons, c'est assez. Va-t'en m'arroser ces fleurs là-bas. Toi, Suzon, on attend le lait. Laissez-nous.

Nos deux amoureux, tout en continuant de se chicaner en sourdine, disparurent.

Les deux amis restèrent seuls.

Ces quelques années avaient fait un homme de Georges Aubertin. Une barbe brune accentuait maintenant son visage. Il était grand, vigoureux, alerte. Des traits irréguliers, mais embellis par l'expression, une expression de droiture, de franchise et de bonté. L'énergie paternelle, mais tempérée par les généreux élans, par les aimables qualités de la jeunesse. Chose rare de nos jours, il était vraiment jeune.

L'autre, Henri, formait contraste. C'était un

joli homme, ignorant encore le côté sérieux de la
vie, l'ayant déjà trop escomptée peut-être. Un peu
fanfaron de vice, il se donnait beaucoup de mal
pour cacher son excellent naturel. De la pose, de
la recherche, la mode, au moral comme au physique. Et c'est en cela surtout qu'il différait de
Georges, la simplicité même en toutes choses.

— Ainsi, disait le fils du filateur, ainsi, mon
pauvre Henri, toujours le même train ?

— Ne me fais pas de morale, lui répondit-il, ou
je me sauve.

— Henri, mon amitié plus encore que ma sagesse souffre de ce que tu fais.

— Mais je ne fais rien.

— Eh ! c'est précisément ce que je te reproche.
L'homme est né pour le travail. Comme toi, je
suis jeune et j'aime les plaisirs. Mais je passe la
plus grande partie de mon temps dans cette filature dont le travail nourrit cinquante familles.
Associé de mon père, je perfectionne sa fabrication,

je connais tous ses ouvriers, et m'efforce de leur
être utile en leur apprenant l'ordre et l'économie,
en partageant leurs joies et leurs peines, en les
instruisant, en les aimant. Pas un de leurs enfants
dont je ne sache le nom et qui ne m'égaye de son
sourire. Le soir, j'ai rempli ma tâche, j'ai fait
œuvre de mes bras, de mon intelligence, et je
m'endors content. Crois-tu que ma jeunesse ne
vaille pas la tienne ?

— Peuh !

— Quels sont tes prétendus plaisirs ? Tu dé-
jeunes avec des amis que tu n'aimes guère, et tu
soupes avec des femmes que tu n'aimes pas. Puis,
le lendemain tu recommences. Encore, si cela t'a-
musait. Mais non.

— Comment ! je ne m'amuse pas... mais je ne
fais que cela.

En dépit de cette protestation, rien qu'au souvenir de son existence vide, Henri ne put dissimuler une sorte de bâillement.

Georges se résuma ainsi :

— Le résultat de nos deux manières de vivre, le sais-tu ?... J'aurai une femme et des enfants qui m'aimeront ; tu n'auras, toi, que des regrets et des rhumatismes.

Henri voulut se récrier, railler.

— Ah ! oui, l'amour vrai !... l'amour pur unique, éternel !... la famille, le devoir...

Mais, s'interrompant tout-à-coup, et sur un tout autre ton, presque avec regret :

— Tu as peut-être raison, avoua-t-il. Mais on ne choisit pas. Deux routes se présentent quand on entre dans la vie : le travail ou l'oisiveté, le plaisir ou le bonheur. Tu avais encore ton père, il t'a conduit dans l'une ; j'étais seul, je me suis jeté dans l'autre.

— Il faut en sortir !

— Et l'habitude ! A vingt ans, un tuteur m'a rendu mes comptes : « Voilà votre fortune, m'a-t-il dit. Allez ! » Je suis parti.

— Et tu cours encore?

— Que veux-tu ? Aussi longtemps qu'il me res-
tera quelque chose, je sens que je ne pourrai rien
de mieux.

— Alors, ruine-toi donc une bonne fois pour
toutes, et vivement.

— J'y travaille. C'est même déjà très-avancé.
Quand ce sera fini, je viendrai peut-être frapper à
ta porte.

— Elle te sera toujours ouverte : la maison
comme le cœur.

Les deux amis se serraient la main.

— Mais, reprit Georges, pourquoi donc n'être
pas venu nous voir l'an dernier ? Ne disais-tu pas
tout à l'heure que tu avais passé la saison à Trouville ?

— Effectivement. Mais je ne te savais pas ici.
Faut-il même te l'avouer ? Depuis deux ans que
nous ne nous étions vus, je t'avais presque oublié.
Que veux-tu ?... le tourbillon !... Mais non ! je me

fais plus mauvais que je ne suis. Il a suffi de ton nom prononcé par hasard devant moi à table d'hôte, hier soir, pour que je me lève à cinq heures du matin, pour que j'accoure au galop. Et le cœur me battait !

— A la bonne heure ! je te retrouve.

Peut-être Henri allait-il revenir sur ce jeune et bon mouvement par lequel il venait de se laisser surprendre, peut-être allait-il en plaisanter lui-même, lorsqu'un incident nouveau détourna fort heureusement son attention.

— Ah ! fit-il tout-à-coup, quelles sont ces deux jeunes filles ?... Tes sœurs ?

— L'une d'elles, oui.

— Et l'autre ?

— Une amie.

— Ah !

Les deux jeunes filles, qui s'étaient arrêtées sur la terrasse, descendaient dans le jardin.

Ils s'avancèrent à leur rencontre.

I X

C'était Zoé, c'était Antoinette.

Gracieuses et jolies séparément, elles l'étaient davantage encore l'une auprès de l'autre. Je suis fâché d'avoir à le redire, mais c'était l'antithèse idéale du roman classique : la beauté brune et la beauté blonde. Minna et Brenda. Cependant, malgré la dissemblance de leurs natures, il y avait chez toutes deux, dans la physionomie, la démarche, le son de la voix, quelque chose de fraternel.

L'habitude de vivre ensemble, l'amitié produit de ces ressemblances-là. De même que les deux sœurs écossaises, elles semblaient avoir eu la même mère.

Du reste, vous ne les auriez guère reconnues ni l'une ni l'autre. Antoinette était devenue une demoiselle ; plus rien de maladif chez Zoé. Celle-ci, bien entendu, c'était la blonde. Une délicieuse blonde, aux doux yeux bleus, gais et limpides. Des traits délicats, blanche et rose, quelque chose de mignon, le sourire adorable ; une vignette anglaise.

L'autre, Antoinette, une méridionale, une Espagnole : la Vierge de Murillo. Ses traits s'étaient adoucis ; sa carnation, bien que toujours brune, avait pris des tons plus clairs, une sorte de transparence qui l'idéalisait. La flamme sauvage d'autrefois ne brillait plus qu'à de rares intervalles dans ses grands yeux noirs, que voilait souvent une paupière pensive, aux longs cils projetant

leur ombre jusque sur la joue. La sveltesse de sa
taille, une sorte de dignité native, lui donnaient cette distinction qui ne s'acquiert pas. L'é-
lévation naturelle de ses sentiments, plus encore
que l'éducation, l'avait faite l'égale de sa compagne. Même aux premiers jours, Zoé n'avait pas
eu besoin de descendre pour lui tendre la main.
De prime saut, Antoinette était montée jusqu'à
elle. Reconnaissante, mais fière, la fille de Jacques
aimait à prouver son dévouement par tous les
moyens, hormis par de vaines paroles. Rien de
servile ; mais, pour ses bienfaiteurs, elle eût donné
sa vie. Tout le monde le savait, tout le monde le
sentait, surtout Zoé. Ingénieuse à faire oublier
qu'elle était la vraie fille de la maison, elle mettait
un tact infini, une merveilleuse délicatesse à prouver à tout le monde, surtout à Antoinette, que celle-
ci ne lui devait rien, que vraiment elles étaient
deux sœurs. Toujours les mêmes robes, les mêmes
ajustements, rien de plus à l'une qu'à l'autre, rien

qui ne fût pareil. Il en résultait entre elles une émulation de nobles sentiments, de mutuelle affection on ne peut plus touchante. Leurs âmes aussi se valaient. Deux pures et saintes âmes. On le devinait rien qu'à les voir : on se sentait ému, charmé, par je ne sais quelle poésie honnête et simple, quelle fleur de chasteté dont le parfum se répandait autour d'elles.

Georges, continuant son chemin, alla baiser le front de Zoé, serra la main d'Antoinette, et, se retournant vers le visiteur encore inconnu :

— Monsieur le vicomte Henri de Marville, mon ancien condisciple, mon ami.

Les deux jeunes filles rendirent gracieusement au jeune vicomte le respectueux salut qu'il venait de leur adresser.

— Il déjeûne avec nous, reprit Georges.

Henri eut un premier mouvement de refus ; sans doute il s'était promis de ne pas s'attarder dans cet intérieur bourgeois. Mais se ravisant aussitôt :

— J'accepte, répondit-il franchement, j'accepte avec autant de plaisir que jadis au collége, à Paris, quand tu m'invitais à passer chez toi le dimanche.

— Et que tu ne venais jamais... pour cause.

— Quelle cause ? interrogea curieusement Zoé.

— Eh ! parbleu ! il était toujours en retenue.

— Nous sommes heureux que M. le vicomte n'ait pas de pensum aujourd'hui.

Ce trait venait de partir presque involontairement des lèvres souriantes de Zoé. Il y eut chez Antoinette un imperceptible mouvement pour la rappeler à plus de réserve.

Nonobstant, la glace était rompue. On causa. Ce fut une occasion pour Henri de Marville de montrer de l'esprit. Il amusa les deux jeunes filles par une verve de bon goût, bien que parfois un peu trop parisienne. Mais Georges était là qui le maintenait. Un frais sourire ingénu creusait deux fossettes aux joues purpurines de Zoé ; Antoinette elle-même laissait poindre sur son visage une gaieté complaisante. Au milieu de ce parc élégant, sous ces beaux ombrages à travers lesquels filtraient les rayons du soleil matinal, c'était comme un tableau de genre qu'eût signé Roqueplan.

Sur un coup d'œil de leur frère, les deux jeunes filles, après un gracieux salut, s'éloignèrent.

— Est-ce que je suis allé trop loin ? demanda Marville avec une certaine inquiétude.

— Non, mais il était temps. C'est encore une des conséquences regrettables de la vie que tu mènes. Toujours au club, sur le turf, dans les coulisses, aux petits soupers, vous perdez le sens moral au point de vue de la famille... vous ne savez plus parler à vos sœurs, à votre mère... vous n'avez même plus la conscience du respect que l'on doit aux femmes... Mais voilà que je commence un autre sermon... Voyons, ne fais pas la moue... Tiens, voilà un cigare.

On s'en alla visiter les ateliers, les machines, l'usine tout entière.

Elle était spacieuse, aérée, agréable à l'œil. Tout y respirait l'ordre, l'activité. Parmi les travailleurs, un entrain joyeux. Quelques refrains, quelques rires se mêlaient au bruit des bobines en mouvement. Dans le mécanisme, dans l'outillage, comme aussi dans tout ce qui concernait le bien-être physique et moral des ouvriers, aucun progrès, aucun perfectionnement qui ne fût appliqué, ne datât-il que de la veille. Le vicomte s'en étonnant, le fils du filateur lui répondit :

— Crois-tu que ce soit pour un vain diplôme que j'ai fait mes trois années d'École centrale?... Aujourd'hui, le plus modeste fabricant doit connaître géométrie, physique, chimie, mécanique, etc., etc., tout ce qui concerne son état. Il en sera de même un jour de l'agriculteur... et même du gentleman oisif comme toi, vicomte. Oui, tu en viendras à découvrir cette vérité, que ton ennui provient surtout de ton ignorance, et que si rien ne t'intéresse, c'est que tu n'as rien approfondi, c'est que tu ne connais rien, c'est que tu ne comprends rien ?

— Ah ! ça, mais !... se rebiffa Henri, tu me prends donc pour un imbécile ?

— Au contraire, tu as beaucoup d'esprit... mais comprends-tu la locomotive qui va t'emporter tout à l'heure ? le fil électrique auquel tu confieras demain une dépêche ? mille autres merveilles qui t'entourent, dont tu te sers, et qui ne sont pour toi, ayant de la barbe au menton, que ce qu'est une montre aux mains d'un enfant ? Jadis, au collége, tu te faisais honneur et gloire d'être un cancre ; de même aujourd'hui dans le monde. Tu traverses ton siècle, mais tu n'en es pas.

— Assez ! jeune Cléante, assez !... troisième sermon...

— C'est juste. Mais c'est que je n'ignore pas ce que tu vaux. C'est que je t'aime...

— Je m'en aperçois ; qui aime bien châtie bien.

— Allons, pas de rancune. Voilà qu'on sonne, allons déjeuner.

Sur le perron, on rencontra M. Aubertin.

Cinq années de plus n'avaient pas courbé sa taille d'une ligne. C'était encore l'homme tout d'une pièce, au moral comme au physique. Quelques cheveux blancs de plus, voilà tout.

— Le beau père-noble ! avait murmuré Henri. Un portrait de famille, un ancêtre !

— Halte-là, mon bon ! lui dit Georges. Ceci ne se plaisante pas ; c'est le père.

Rien de cordial comme l'accueil du fabricant. C'était un de ces vieillards qui aiment la jeunesse, et savent promptement s'en faire aimer.

Les deux jeunes filles survenant, on se mit à table ; c'était le bon vieux Joseph qui servait.

Le repas fut des plus gais. Henri de Marville, bien qu'un peu gêné tout d'abord, se mit promptement à l'aise. Cette atmosphère patriarcale, le charme honnête et doux qui émanait des deux jeunes filles, tout exerçait sur lui comme une heureuse et saine influence. Il plut à tout le monde, et quand, vers le milieu du jour, il prit congé, M. Aubertin lui dit :

— Je ratifie la proposition de mon fils. Si jamais vous songez à vous convertir au travail, revenez chez nous. Revenez-y quand même.

— Et souvent ! ajouta Georges. Ne m'as-tu pas dit que tu passerais la saison à Trouville ?

— Effectivement. A bientôt !

Avec une émotion dont il ne se rendait pas compte, Henri serra la main du père. Le fils le reconduisit.

Sur la terrasse, à l'ombre d'un berceau de roses et de jasmin, les deux jeunes filles travaillaient à quelque ouvrage de broderie.

En recevant le salut d'Antoinette, le sourire de Zoé, d'où vient que le vicomte sentit son cœur battre ?

Quelques instants plus tard, au moment de monter à cheval :

— Ah ! dis donc, Georges, de ces deux demoiselles, c'est la blonde, n'est-ce pas, qui est la sœur... c'est la brune qui est l'amie ?

— Pourquoi cette question ?

— Eh !... qui sait ?... Il est bon de savoir à quoi s'en tenir. Si, par malheur, j'allais devenir amoureux...

— D'Antoinette ?..... oh ! je te le défends...

— Tu l'aimes donc ?

— Moi !... non !... non ! je te jure...

— Soit !... Mais je t'ai observé, mathématicien, tu ne voudrais pas qu'un autre l'aimât ?

Henri partit en riant. Georges resta pensif.

X

Juillet touchait à sa fin.

La même vie calme, sereine, laborieuse, heureuse, continuait à la filature.

La visite du jeune vicomte avait été comme ce
passage rapide d'une hirondelle qui, volant à la
surface d'un lac tranquille, l'effleure de son aile,
y plonge un instant et repart, sans laisser d'autre
trace qu'un léger sillage qui s'efface aussitôt.

Un soir, cependant, Zoé dit tout-à-coup :

— Est-ce que M. Henri n'est pas à Trouville ?

— Pas encore, répondit son frère.

Et ce fut tout.

Quant à Georges, depuis le trait de Parthe lancé par le vicomte, il se sentait en proie à une vague inquiétude. D'où venait donc qu'on avait pu lire ainsi dans son cœur ?... Était-ce vrai ? Jamais encore théorème ne l'avait ainsi tourmenté.

Certes, il aimait Antoinette ! mais comme une sœur... une sœur ?... Eh bien, non !... non ! ce n'était plus là cette paisible affection qu'il éprouvait pour Zoé Mais que ce fût de l'amour, rien ne l'attestait encore. Il valait bien mieux, il fallait que ce ne fût que de l'amitié.

Georges ignorait le secret qui n'avait été révélé qu'à son père : la condamnation, la flétrissure du père d'Antoinette. Cependant son instinct lui faisait pressentir toutes sortes de résistances et d'éventualités douloureuses. Pour le repos de la maison, pour le bonheur de la famille, cela ne devait pas être, cela ne serait pas. La raison, la volonté arrêteraient Georges sur cette pente fatale. Le calcul même suffirait. « Henri l'a bien dit : Je suis un mathématicien, je ne suis pas un troubadour. »

En dépit de ce fier raisonnement, Georges devenait rêveur. Il éprouvait en présence d'Antoinette, sinon du malaise, du moins un certain embarras... Son cœur était oppressé... Depuis quelque temps déjà, sans s'en rendre compte, il ne l'embrassait plus, il lui serrait la main. Cette marque d'amitié lui parut encore trop tendre ; il voulut la supprimer, il la supprima comme dangereuse. Un sacrifice prudent, un héroïque effort.

Antoinette s'en aperçut, s'en étonna, s'en affligea :

— Que vous ai-je donc fait, Georges ?... Pourquoi m'en vouloir ?... Est-ce que vous ne m'aimez plus ?

— Moi !... se récria-t-il, oh ! n'allez pas croire cela. Ne connaissez-vous pas mon affection pour vous ?... Elle ne vous faillira jamais...

— Alors, répondit-elle, laissez donc, comme d'habitude, votre main venir à la rencontre de la mienne. Je regretterais ce franc et cordial bonjour de chaque matin, cet amical adieu de chaque soir, par lequel on se dit sans paroles : Nous nous estimons toujours de même, et pouvons compter l'un sur l'autre.

Georges se sentit des larmes plein les yeux :

— Antoinette !... ah ! pardon !... pardon, noble et brave cœur...

Il eut peur d'en trop dire, il s'enfuit.

Elle était restée calme. Dans ses yeux noirs, un étonnement ingénu. Sur son expressif visage, dont le sourire s'effaçait déjà, de la tristesse, une douce compassion, comme un douloureux pressentiment :

— Ah ! pauvre Georges !

Et réfléchie, pensive, elle s'en revint lentement vers la maison.

Là, Zoé, ses câlineries d'enfant, sa gaîté communicative, irrésistible. Il fallut de nouveau sourire. Antoinette n'oublia pas.

Antoinette n'oubliait rien. Le souvenir du passé, le souvenir de son père vivait en elle et la dominait. Elle n'en parlait pas ; sans cesse elle y pensait. Pour tout le monde elle était la seconde fille de M. Aubertin ; dans le secret de son cœur, toujours la fille de Jacques.

Pourquoi donc aurait-elle cessé de le chérir, de le respecter ? Il pouvait être coupable pour les autres, non pas pour elle. De sa faute, elle n'avait vu que le repentir. C'était une raison de plus pour l'aimer. Maintenant encore s'il était exilé, s'il avait disparu, s'il ne revenait pas, c'était par dévouement pour sa fille, c'était pour qu'elle pût grandir exempte de mépris, pour qu'elle vécût dans une position meilleure, ayant à son horizon une destinée plus heureuse. Il s'était sacrifié, ce pauvre père, ce bon père ! Il l'aimait tant !

Sous ce rapport, la situation d'Antoinette dans la famille Aubertin était assez singulière. Quelques heures après le départ de Jacques, lorsqu'elle s'était réveillée, on lui avait dit : Ton père a dû s'éloigner, il reviendra bientôt. Cette promesse, Jacques lui-même l'avait souvent renouvelée pendant les angoisses de la nuit précédente, la terrible nuit, la nuit du meurtre. L'enfant avait tout vu, savait tout. Son intelligence précoce comprit la nécessité de cette disparition. D'ailleurs, il y avait les supplications, l'ordre de son père. Obéissante, elle se résigna, elle attendit.

Durant quelques mois, dans sa physionomie, dans son allure, rien qui pût faire soupçonner un souvenir constant, un regret. Elle étudiait et jouait avec Zoé, insouciante, réjouie comme Zoé elle-même. On pouvait croire, on espérait que l'indifférence naturelle à son âge aurait le dessus.

Tout à coup, quelques marques d'impatience, puis de chagrin. Ses grands yeux questionneurs se levaient, se fixaient vers son père adoptif. Un jour, enfin, ce cri s'échappa de ses lèvres :

— Et mon père ?... Mais qu'est-il donc devenu? Dites-moi donc quand je le reverrai ?

Aubertin la prit sur ses genoux, et, d'une voix pleine d'affection, avec une douce et paternelle autorité :

— Mon enfant, il ne faut pas nous demander cela... n'y plus penser. M. Jacques est parti pour longtemps... bien longtemps. Quand j'aurai quelque chose à t'en dire, je te le dirai... Patience, et silence !

L'enfant baissa la tête et se tut.

Elle avait compris.

Cependant, un peu plus tard, et cette fois encore d'une façon soudaine :

— Mais dites-moi donc au moins si vous avez de ses nouvelles.

10

— Oui, mon enfant, oui... Il va bien, très-
bien... Ne te tourmente pas... sois sans crainte.

La vérité était que Jacques n'avait jamais
écrit. On ignorait complétement la route qu'il
avait prise, s'il était mort ou vivant.

Quand l'été revint, à la même époque que l'année précédente, on retourna à Villerville.

Comme on arrivait, dans le premier désordre
de l'installation, Antoinette disparut.

On ne la retrouva que vers le soir, dans un
repli de la falaise, immobile et les yeux en pleurs,
devant un monceau de décombres.

C'était tout ce qui restait de la cabane de Jacques. La masure s'était écroulée sous l'effort des
bourrasques d'hiver.

Antoinette se laissa ramener à la villa sans aucune résistance. Elle semblait accablée, elle restait muette.

Le lendemain, changement complet. Toute ras-
sérénée, toute souriante. Et comme il y avait dé

l'étonnement sur le visage de M. Aubertin :

— Oh ! s'écria-t-elle sans même qu'il l'interrogeât, il va revenir... je l'ai vu cette nuit... nous avons causé... dans un rêve.

Puis, comme son père adoptif, heureux qu'elle se fût consolée, semblait l'encourager dans cette voie :

— Je vous en prie, monsieur, montrez-moi donc une de ses lettres.

— Quand tu seras plus grande, ma fille.

— Mais il faudra donc des années !

Le vieillard la calma du geste, comme on fait avec les enfants qu'on ne veut pas satisfaire, et s'éloigna sans répondre.

Antoinette se le tint pour dit. Elle ne questionna plus son père adoptif,.. Avec Georges, avec Zoé, jamais un mot. L'amour filial a sa pudeur. Antoinette l'avait compris dès le premier jour.

Restait sa propre pensée. Elle y renferma le pieux souvenir, la chère image, ainsi que dans un tabernacle. La voyait-on devenir tout-à-coup rêveuse, c'est qu'elle songeait à l'absent. Vers certaines heures, elle lui rendait une sorte de culte. A Villerville, elle recherchait partout sa trace, parmi les rochers de la grève, dans les ondulations des Graves. Là, mille choses muettes pour les autres, et qui lui parlaient, à elle. Sur cette souche d'arbre, Jacques avait coutume de s'asseoir. C'est dans ce buisson qu'il lui faisait un nid.

Un jour, parmi les joncs marins, elle retrouva quelques mailles d'un vieux filet aux trois quarts rongé par le temps, et, tout en retournant ce lambeau du bout de son ombrelle, elle le regardait avec un triste sourire, avec des larmes dans les yeux. Peut-être avait-il été laissé là jadis par l'exilé, ce débris que le vent ramenait sur les pas de sa fille?

Il y avait déjà cinq ans que Jacques avait disparu. Rien n'altérait son souvenir dans la fidèle mémoire d'Antoinette. Seulement, ce n'était plus

un amer regret; c'était une douce et mélancolique
réminiscence, comme une vague aspiration ayant
même le charme de l'espoir. Il reviendrait, c'était
certain. Il aimait bien trop son enfant pour ne
jamais la revoir !

Dans les derniers temps surtout, cette croyance
s'était affermie ; elle devenait de plus en plus ar-
dente. Parfois Antoinette promenait autour d'elle
d'étranges regards ; on eût dit qu'elle cherchait
quelqu'un. Le bruit d'une porte, d'une voiture,
un cri lointain la faisait retourner tout-à-coup ;
tout-à-coup elle se levait comme pour courir au-
devant d'une personne attendue. Elle attendait
son père, elle le sentait venir.

Un soir, c'était à la villa du bord de la mer,
on y passait chaque été ; un soir que les deux
jeunes compagnes étaient assises au bord de la
pelouse, à quelques pas de la plage, Antoinette fit
un brusque mouvement, et désignant du doigt un
canot, qui, jusqu'alors invisible parmi l'archipel

noirâtre de la Moulière, commençait à se mou-
voir, remis à flot par la marée montante :

— Quelle est cette barque ? Elle ne ressemble
pas à celles qu'on voit par ici... Il n'en vient
jamais là... il y a même du danger... Comment
s'y trouve-t-elle ? Pourquoi ?

— Eh ! je ne le sais pas, moi ! répondit en souriant Zoé. Qu'est-ce que ça te fait ?

En ce moment une forme humaine se leva dans
le canot, hélant quelqu'un du côté du rivage.

— Qui donc appelle-t-il ? Je ne vois personne,
fit Antoinette en explorant du regard les rochers.

Un homme s'en détacha tout-à-coup, juste à
cette même place où, cinq années auparavant,
Jacques avait attendu lors du premier bain des
deux fillettes.

— Quel est cet homme ?... murmura la fille
de Jacques avec une émotion de plus en plus
étrange.

Un vaste caban de mer enveloppait, encapu-

chonnait l'inconnu. Il se hâta de rejoindre celui
qui le rappelait, il reprit place dans l'embarca-
tion qui tout aussitôt s'éloigna.

Le soleil couchant répandait de toutes parts une
rougeâtre lueur, sur laquelle, à la surface de la
mer, les moindres objets se détachaient nettement en noir.

Malgré la distance, l'homme au caban restait
parfaitement visible, assis au gouvernail et la
tête tournée vers le rivage.

On eût dit qu'il regardait obstinément Antoinette qui, de son côté, avec une même obstina-
tion, le regardait aussi.

— Ah ! ça, mais qu'as-tu donc ? répéta pour la
troisième fois Zoé toute surprise, et que la bizarre
curiosité de sa compagne amusait.

Antoinette, comme se réveillant enfin, lui répondit :

— Moi !... rien... je ne sais pas... il m'a sem-
blé qu'il y avait un péril... et cela m'a émue...

Mais non... non... voici la barque qui s'en va...
qui s'en va...

Et, fixement, elle la regardait toujours.

— Brrr !... fit Zoé, j'ai froid, rentrons. Mais
c'est égal, tu as quelque chose que tu ne veux pas
me dire, mystérieuse !

Plus que jamais, Antoinette se garda d'une confidence.

Qu'eût-elle dit, d'ailleurs ? Comment expliquer
ce qui venait de se passer en elle-même ? Elle ne
le savait pas.

Durant la nuit, ne pouvant dormir, mais fermant les yeux pour rêver, à plusieurs reprises,
elle les rouvrit tout-à-coup, espérant surprendre
le regard bien connu, le sourire bien-aimé qui,
jadis, se retrouvait toujours à son réveil.

Le lendemain, la fille de Jacques était triste.
un peu pâle, tout agitée. Elle parla peu. Elle cherchait la solitude.

Vers le déclin du jour, elle était assise au plus

fourré du parc, en face d'une grande charmille qui formait limite du côté de la campagne.

Fatiguée de l'insomnie de la nuit précédente, ne pensant à rien, regardant sans voir, immobile, elle suivait machinalement le vol capricieux d'un petit oiseau dans la haie, lorsque tout à coup, à travers le feuillage, elle vit briller deux yeux... deux yeux noirs comme ceux de Jacques.

Elle se redressa vivement, jeta un cri, voulut s'élancer, courir... mais ses forces le trahirent, l'émotion la fit chanceler, elle s'évanouit.

Georges et Zoé n'étaient qu'à quelques pas de là. Ils la cherchaient. Ils accoururent. Le frère l'emporta dans ses bras jusqu'au pavillon de la terrasse; la sœur lui fit respirer des sels. Elle revint à elle, elle ouvrit les yeux.

— L'avez-vous vu?...

— Qui?...

— De l'autre côté de la haie...

— Non... personne.

La vue d'un ciel enflammé comme celui de la veille l'attira vivement vers la fenêtre.

Sur la mer, le même canot. A l'arrière de ce canot, l'homme au caban, le même homme.

— Ah! murmura-t-elle en portant la main à son cœur, ah! je ne m'étais pas trompée, c'est lui!

XI

Quelques jours plus tard, le vicomte Henri de Marville arrivait.

— Vous le voyez, je profite de l'invitation. J'en abuserai... Me voici pour tout un mois à Trouville.

— Et... pas encore converti ?

— Hélas ! pas encore !... Mais ne t'impatiente pas, ami Georges, ça viendra... quand je serai tout-à-fait ruiné. Je n'ai garde d'oublier nos conventions... Tu te les rappelles ?

Georges sourit, haussa l'épaule et lui tendit la main.

Durant toute une quinzaine, le vicomte vint presque chaque jour, déjeunant par-ci, dînant par-là, vif et joyeux comme un allegro de Rossini, enchanté des autres et de lui-même.

— Ah! disait-il à son ancien condisciple, ah! je me sens bien ici. L'air qu'on y respire me rafraîchit le cerveau, me retrempe le cœur. C'est bon tout de même la vie de famille... Est-ce que je me serais trompé sur ma vocation?... Quel dommage qu'il soit trop tard?

— Trop tard!.. à vingt-cinq ans!

— Eh! ce n'est pas l'âge qui m'effraye, c'est la situation financière.

— Raison de plus pour enrayer... Voyons, que te reste-t-il?

— Est-ce que je sais!... Mais bah!... Qu'ai-je donc ce soir?... Il paraît que la sagesse est contagieuse?... Comme on rirait de moi!... A demain...

Le lendemain, Henri ne vint pas.

Il reparut le surlendemain, plus gai, plus sémillant, plus étourdissant encore que de coutume. Mais cette fois ce fut un feu de paille ; il s'éteignit aussitôt. La visite s'acheva mélancoliquement.

— Mais qu'as-tu donc ? demanda Georges qui, s'en allant lui-même à Pont-l'Evêque, le reconduisit à cheval jusqu'à Trouville. Aurais-tu reçu quelque mauvaise nouvelle ?

— Non. C'est tout simplement qu'il me faut retourner là-bas. Je me sens menacé de devenir amoureux !

— A Trouville ?

— ... A Trouville. Mais ne crains rien pour ton ami. Si jamais la catastrophe devenait imminente, je saurais la conjurer par quelque folie à grand orchestre. Oh ! tu ne comprends pas ces choses-là toi, jeune, Mentor !... Bien des choses de la part de Télémaque aux girouettes de Pont-l'Evêque ?

Quelques jours s'écoulèrent sans qu'on le revît à la villa. Puis, trois ou quatre dernières visites, relativement tristes. On eût dit les adieux de quelqu'un qui va partir pour un long voyage.

Zoé, quoique toujours le sourire aux lèvres, laissa voir sur son visage une certaine émotion naïve. Elle prit Georges à part :

— Dis donc, frère, ton ami me semble avoir un chagrin. Tâche donc de le connaître et de l'en consoler. Il est si bon, monsieur Henri... la gaieté lui allait si bien !

Pour son propre compte, bien entendu, Georges voulut interroger de nouveau le vicomte.

Mais, dès les premiers mots, celui-ci s'emportant contre lui-même :

— Trop tard ! te dis-je trop tard !... Où sont mes vaisseaux ? Il est temps que je les brûle !

Impossible d'en obtenir autre chose que cette boutade.

Le lendemain, Henri se promenait à cheval dans la forêt de Touques.

Par une échappée du feuillage, son regard, plongeant dans le val qui s'abaisse vers la mer, tomba tout-à-coup sur la villa Aubertin.

— Ah ! fit-il en soupirant, si j'avais su... si je l'avais rencontrée plus tôt !

En ce même moment, dans le lointain, un bruit joyeux de rires et de chansons.

— Au diable la sensiblerie !... voilà ce qu'il me faut, s'écria le vicomte.

Et chassant, cinglant les branchages qui faisaient irruption dans l'étroit sentier, il piqua droit aux éclats de rire.

Sur ce même chemin, ayant quelque avance, une accorte paysanne marchait rapidement.

Taille fine, pied leste, allure dégagée. Sous son fichu rouge, où se jouait la brise, des épaules éclatantes de blancheur; sous son bonnet de coton, quelques folles mèches de cheveux blonds que le soleil transformait en cheveux d'or.

— Tiens ! c'est Suzon ! Bonjour, Suzon.

— Votre servante, monsieur Henri... bien des honnêtetés...

— Est-ce toi, Suzon, qui riais ?

— Hélas ! non... je n'en ai guère envie. Vous savez bien, Nicolas...

Le vicomte n'en entendit pas davantage. Il était déjà reparti au galop.

— Au revoir, Suzon !... La suite de tes chagrins d'amour au premier numéro. Ce qu'il me faut, c'est de la joie !...

Quelques instants plus tard, il débouchait sur ce charmant plateau, dans cette délicieuse clairière où s'élève le Chalet, rendez-vous favori des cavalcades trouvillaises.

Là, des ombrages séculaires, des masses de verdure et de fleurs, un féérique point de vue, d'où l'œil embrasse à la fois la forêt, les vallées, la Seine, le Havre, l'Océan.

Près des écuries, plusieurs voitures dételées. De l'une d'elles, un jeune domestique extrayait des provisions. Livrée toute neuve et de couleurs voyantes.

— Eh l'ami !... Bah !... c'est Nicolas !

Nicolas, plus important que jamais, saluant avec grâce :

— Je suis flatté que monsieur le vicomte m'ait reconnu. Comme monsieur le vicomte peut voir, mes vœux sont comblés, et je compte bien n'en pas rester là, car mademoiselle la baronne Marcassite, ma maîtresse...

— Marcassite ! s'écria le vicomte, gageons que c'est de son côté qu'on rit !... Où est-elle ?

— A la fontaine, où toute sa société déjeune en ce moment. Mais je dois faire observer à monsieur le vicomte.

Déjà Henri courait vers la fontaine.

11

— Pas causeur, ce vicomte ! grommela dédai-
gneusement Nicolas. Mais achevons de remplir
mon panier. Gâteaux, biscuits, champagne, li-
queurs... ; c'est tout... Mais pas mal lourd... ouf !...
Sans compter que je pourrais flétrir ma livrée et
mes insignes... Tiens, tiens ! qu'est-ce que je vois
là-bas ?... Une villageoise... Si je lui faisais porter
ça ?... si je me faisais servir à mon tour... Eh ! la
fille !

La paysanne, qui passait à l'autre extrémité
de la clairière, se retourna vivement. Tout
aussitôt, ce double cri se croisa dans l'air.

— Nicolas !

— Suzon !

Elle accourut, et se campant devant lui d'un
ton de reine offensée :

— Bonjour, monsieur Nicolas...

Lui, tâchant d'esquiver l'explication :

— Bonjour, bonjour petite...

Elle, lui barrant le chemin :

— Pardon ! faut que je te cause. Tu n'es pas un prince ?...

— Eh !... j'en ai du moins l'air...

— Toi ?... t'as l'air d'un singe.

— Mademoiselle Suzon !...

— Mais ce n'est pas de cela qu'il s'agit. Tu dois te rappeler mon dernier mot d'il y a trois mois. Les trois mois sont révolus. Voici le chemin de la mairie, voici ma main. Veux-tu ?

— Nous verrons ça... Je ne dis pas non... plus tard...

— Merci... je n'attends plus... et vais te prouver sur l'heure qu'on peut se passer de toi.

— Comment ?...

— Porte ton panier... tu vas voir...

Nicolas se mit en chemin, retournant la tête de temps en temps pour regarder Suzon, qui, gaillardement, résolûment, le suivait. Cependant le vicomte était arrivé à la fontaine.

La fontaine Virginie, tous ceux qui connaissent

Trouville la connaissent. Dans un fond boisé de toutes parts, sous de grands hêtres, au milieu d'un tapis d'herbe, un gracieux bassin naturel où s'épanche le cristal d'une source. Tout à l'entour, des lianes fleuries, des guirlandes sauvages. Ce jour-là, tout un essaim de jeunes femmes en toilette ultra-tapageuses. Force pet s chapeaux emplumés, vareuses et caracos de coupes excentriques, rubans et ceintures au vent, jupons galamment troussés à la Pompadour. Beaucoup de rouge, de rose, de bleu, toutes les couleurs de l'arc-en-ciel. La nappe mise sur le gazon. Quelques cavaliers, également en costume de fantaisie, attablés avec ces dames. A l'entour, deux ou trois laquais, la serviette sur le bras. Un tableau Vanloo.

Tout ce quart de monde avait accueilli le vicomte avec de joyeuses clameurs ; une magnifique entrée.

Puis ce furent des plaisanteries, des quolibets, des calembredaines.

Henri, pour faire honneur à la réception, s'efforça d'avoir de la gaîté, sinon de l'esprit comme les autres.

En dépit de lui-même, il ne riait que du coin des lèvres.

On s'en aperçut, on le railla sans pitié.

Lui, prêtant le dos de la meilleure grâce du monde :

— Que vous dirais-je ! on a ses jours. D'ailleurs, tous ici vous allez deux par deux : à chaque rieur sa rieuse. Moi seul, tourtereau délaissé, solitaire...

Il avait l'air si langoureux, il était malgré cela si charmant, que toutes les nymphes de la fontaine vinrent se grouper autour de lui, l'une s'appuyant à son bras, l'autre souriant de son plus irrésistible sourire.

— Trop aimables ! répondit-il gracieusement. La tentation de Robert le Diable !... Mais non... non... ce qu'il me faut, c'est de l'inédit, de l'original, de l'étourdissant... une belle et bonne extravagance... ma dernière... et je la cherche.

Tout à coup Suzon parut devant lui avec un grand salut de bergère trumeau.

— Encore toi, ma mie Suzon ! Mais que diable avons-nous à nous dire !... Tu n'es pas gaie ce matin.

— Faites excuse, monsieur... très-gaie maintenant .. Les heures se suivent et ne se ressemblent pas... Et la tête montée donc !... Vous allez voir...

— Parle alors. Vous permettez, mesdames ?

Il y eut un geste d'assentiment général durant lequel la belle laitière se caressa le menton, comme cherchant un moyen de formuler nettement sa fantaisie vengeresse.

On s'était groupé, faisant silence.

Suzon, se décidant enfin, saisit son bonnet de coton par la mèche, l'enleva prestement du front et le faisant sautiller comme un pantin devant les yeux du vicomte :

— Vous souvient-il de votre réponse d'il y a trois mois ?

— Hourra ! s'écria joyeusement Henri, voilà précisément ce que je demandais... Ce sera peut-être drôle.

Puis, rattrapant au vol le bonnet de coton qui venait d'être lancé en l'air :

— Tout ce que tu voudras, Suzon.

— Je veux d'abord qu'on m'emmène à Paris.

— J'y retourne précisément ce soir... Viens !

Mais Suzon, reculant d'un pas, l'arrêtant du doigt :

— Un instant !... faisons d'abord nos condi-ditions... je suis Normande !

— Que te faut-il ?

— Un chapeau à plumes comme celui-ci... un cotillon bariolé comme celui-là... le rouge !... une canne... enfin, tout comme ces dames... et tout de suite !

A ces mots, force applaudissements, force éclats de rire.

Le vicomte répliqua :

— Je ne demande pas mieux, Suzon ; mais la chose me semble assez difficile, ce lieu champêtre se trouvant dépourvu de magasins de nouveautés. Cependant, à la rigueur, ces dames sont parées avec tant de profusion, tant d'étalage... il n'en est pas une qui n'ait quelque atour en double... Voyons... Suzon désire et je paye... comptant... à caisse ouverte.

Il venait d'ouvrir son porte-monnaie ; il faisait sonner de l'or, agitait des billets de banque.

Tout aussitôt, l'une offrit son toquet, l'autre sa camargo, celle-ci sa ceinture, celle-là sa vareuse.

— Rouge ! s'était écriée Suzon... est-elle rouge ? Oui... j'accepte.

Nicolas, outré de dépit, s'approchait.

— Arrière donc ! lui dit-elle, arrière domestique !

Puis, à demi-voix, mais de façon qu'il l'entendît :

— Ah ! tu m'as défiée, toi !... bisque à ton tour ?

En ce moment, quelqu'un émit cette motion :

— On demande que tout cela soit essayé à Suzon, séance tenante... Mieux encore... un travestissement complet, immédiat... crac !... changement à vue... comme par un truc... et, pendant ce temps-là, pour égayer la situation, du champagne !

Déjà tout l'escadron féminin caracolait autour de Suzon, procédant à sa toilette.

Il ne s'agissait de rien ôter, seulement d'ajouter ; cependant on l'entourait, la cachant à demi, pour mieux ménager la surprise.

Dans tout cela, Suzon ne voyait, ne souhaitait qu'une chose : faire enrager Nicolas. Il était là, il allait et venait... rouge comme une pivoine...

se roïdissant dans son sot orgueil, s'efforçant de sourire, peut-être de ne pas pleurer.

Quant au vicomte, ce n'était pour lui qu'un spectacle, une bouffonnerie... Il s'amusait enfin.

— Eh ! tu vois, Suzon, je ne te refuse rien... Il y a plus... je ne te demande rien... que de me faire rire... Ne te gêne pas... pense à Nicolas... parle-lui si ça te fait plaisir...

— Eh bien ! oui, s'écria-t-elle en écartant quelque peu son essaim de cameristes, oui, je veux lui parler une dernière fois, ce sera mon adieu. Regardez-le, mesdames... celui-là... ce grand faraud que voilà. Il est mal bâti, vaniteux, bête... Eh bien, je l'aime ! Étant toute petite, il me taquinait ; je le suivais partout comme un caniche... A la cueillette des pommes, c'était moi qui les ramassais, lui qui les mangeait ; j'étais contente... Plus tard, à la danse, il me trépignait sur les pieds que je ne sais même pas comment il m'en reste encore... Eh bien, je ne voulais danser qu'avec lui... Plus tard encore, tout à fait grande, je n'ai songé qu'à lui pour épouseur... Enfin, que voulez-vous !... c'est... c'est un... c'est une...

Suzon cherchait un terme qui peignit toute sa pensée. Une voix de femme lui jeta celui-ci :

— Toquade !

— Une toquade ! accepta franchement Suzon... Voilà que je leur prends aussi leurs mots... comme tout le reste... Me voilà requinquée... ça y est !...

Son entourage venait de lui faire place ; elle parut, elle s'avança, se pavanant dans ses nouveaux atours. Aucun accessoire n'y manquait, pas même le pince-nez, pas même l'éventail dans une main, la canne dans l'autre. Une Benoiton au grand complet.

Quelques bouchons de champagne sautèrent en son honneur, comme une salve d'artillerie, à laquelle se joignirent toutes sortes de bravos et de vivats.

Le hasard — il n'en fait jamais d'autres — voulut que, dès le premier pas, Suzon se rencontrât face à face avec Nicolas, qui versait à boire.

— Qu'est-ce que t'en dis, Nicolas ?... Ça ne me va-t-il point ?... Suis-je un épouvantail à faire peur aux moineaux ?...

Suzon savait bien le contraire. Elle n'était pas plus caricature que les autres, elle était cent fois plus jolie.

Mais elle ne riait plus. Elle s'attendrissait, regardant Nicolas, qui restait de là, tout émerveillé, tout scandalisé, la bouteille à la main.

— Eh bien, dit-elle avec mélancolie, d'une voix presque suppliante, eh bien ! regardez jusqu'où elle va, ma toquade... maintenant encore, malgré tous ses dédains, malgré toutes mes belles fanfreluches, s'il voulait dire oui...

Nicolas se rebiffa plus que jamais :

— Non !

— Tu t'en repentiras, Nicolas. Je ne te dis

pas adieu. Paris est bien grand, mais on s'y retrouve. Nous verrons bien qui rira le dernier !

Le soir même, l'express emportait une partie de ceux qui avaient assisté au déjeuner.

Dans un coin du wagon, le vicomte ; dans un autre, Suzon.

A la traversée du pont qui franchit en hauteur la grande rue de Pont-l'Evêque, Suzon eut un gros soupir à l'adresse de son clocher natal ; Henri chercha des yeux la filature Aubertin, et, la rencontrant enfin, murmura tout bas :

— C'est dommage !

XII

Disons-le dès à présent, on ne rencontra Suzon ni à Mabille, ni à l'Alcazar, ni aux courses, ni même au Bois, dans aucun des endroits où se montraient ses bonnes amies d'un jour, les fées tapageuses de la fontaine. Éclipse totale. Ce n'était plus un enlèvement, c'était un mystère.

Quant au vicomte, on le rencontrait partout comme à l'ordinaire, mais seul.

Tout-à-coup, vers le milieu du carnaval, il disparut.

Nous allons, si vous voulez bien, suivre sa trace.

C'est une jolie petite ville que Pont-l'Évêque, souriante, calme, lettrée. La vieille Thémis normande en est la déesse ; son temple attire de nombreux et fervents adorateurs, un vrai pèlerinage. C'est l'endroit du monde où l'on plaide le plus. Que d'avocats ! que d'avoués ! que d'huissiers ! sans compter les notaires ! A Pont-l'Évêque, ni hommes, ni femmes, tous gens de robe. Mais, procédure à part, jamais de discussions. Une aimable concorde, des mœurs douces, une joyeuse urbanité. Le domino, le trictrac, les échecs, le boston, des comices agricoles, la musique des pompiers, l'orphéon, deux ou trois bals par an : voilà les plaisirs. Qui ne s'en contenterait !... Ajoutez à cela des environs délicieux, toutes sortes de petites académies. Il n'est pas un Pont-l'Évêquois qui ne soit président, vice-président, ou

secrétaire de quelque chose. Quant aux Pont-
l'Evêquoises, toutes très-fortes sur les confitures,
et généralement jolies. Enfin, cuisine de gourmet
et caves à l'avenant... Allais, marchais ! C'en est
à vouloir se retirer à Pont-l'Évêque !

Il va sans dire que la maison la plus hospita-
lière, la plus gaie, c'est la filature Aubertin. Cet
hiver-là surtout, on avait beaucoup reçu, beaucoup
dansé. Zoé arrivait à ses dix-huit ans ; elle aimait
les plaisirs de son âge. Antoinette, bien qu'un peu
plus grave, se laissait entraîner sans peine à l'en-
jouement de sa compagne. Il était évident que le
riche filateur songeait à marier sa fille, ses filles.
Celle qui n'était pas de son sang n'en aurait pas
moins une belle dot.

On aime les belles dots dans la vallée d'Auge,
comme partout. Aussi, déjà de nombreux soupi-
rants. Il en venait de Lisieux, de Caen, du Havre,
voire même de Pont-Audemer. Je ne parle pas des
soupirantes; Georges était le point de mire de

12

toutes les demoiselles à marier dans l'arrondisse-
ment, du département. Un garçon si sage, si savant, qui serait si riche ! Un aimable garçon d'ailleurs. Mais les mamans avaient beau lui faire les
doux yeux, il ne paraissait pas s'en apercevoir.
Même réserve chez Antoinette. Il n'était pas jusqu'à
Zoé qui ne restât d'une complète indifférence. Tout
le monde lui plaisait comme danseur, personne
comme mari. Songeait-elle seulement au mariage ?

Dans ces conjectures, un beau matin, le vicomte
de Marville arriva.

— Georges, dit-il avec un air plus grave que
de coutume, conduis-moi vers ton père ; c'est devant lui que je veux m'expliquer.

Puis, sitôt en présence du filateur :

— Monsieur Aubertin, j'ai là cinquante mille
francs, c'est tout ce qui me reste. Voulez-vous les
sauver du naufrage... et moi aussi ?

Pour toute réponse, le filateur ouvrit sa caisse,
ouvrit ses bras.

— Ce n'est pas tout, reprit le vicomte; il me faut encore autre chose.

-- Quoi donc ?

— Du travail !

— Bravo !

— Mais tout de suite... et beaucoup... J'ai hâte de réparer le temps perdu... Je veux devenir un autre Georges !

Ce n'étaient pas là de vaines paroles, une dernière boutade, un coup de tête en sens inverse. Dès le lendemain, dès le jour même, le vicomte questionnait, observait, s'initiant à l'industrie. Bientôt on le vit retrousser sa manche sans vergogne, et se mettre franchement à la fabrication, à la comptabilité, déployant une intelligence, un vouloir, une ardeur, qui lui firent promptement accomplir des prodiges. Ce qu'il ne savait pas encore, il le devinait ; ce qui lui semblait impossible, il l'osait. Le filateur, les deux jeunes filles, Georges, voulaient-ils le modérer, en rire, il en riait tout le premier, spirituellement, toujours d'aussi joyeuse humeur. Un soir, Zoé lui ayant dit :

— Mais c'est de la passion ! une fièvre !

— Oui, mademoiselle, répliqua-t-il, une fièvre en partie double... la passion du coton !

Six mois se passèrent sans le moindre refroidissement.

Puis, un soir, Henri alla requérir Georges de l'accompagner chez son père : et, comme le premier jour, ayant refermé sur lui la porte du bureau :

— Monsieur Aubertin, débuta-t-il franchement, prenez ma tête !... Je suis un indigne vaurien... je vous ai trompé.

— Que signifie ?

— En arrivant, je vous ai demandé un service ; avant de partir, je vous dois un aveu.

— Quel aveu ?

— Vous avez cru, j'avais cru moi-même que c'était le repentir du passé qui me ramenait ici...

l'amour du travail... Eh bien ? non !... C'est un autre amour... J'aimais votre fille... je l'aime cent fois plus encore... et comme elle ne doit pas même s'en douter, comme je ne me sens plus le courage de garder mon secret..... un dernier service, monsieur Aubertin... flanquez-moi à la porte !

Le front du vieillard, qui s'était rembruni tout d'abord, se dérida devant la loyauté même de cet aveu.

— Monsieur le vicomte, répondit-il, nous sommes sous un ciel où l'on ne répond jamais ni oui ni non... Vous allez partir... mais vous serez toujours de la maison... Vous voyagerez en la représentant.

Le vicomte se passa la main sur l'oreille :

— Tranchons le mot, n'est-ce pas ?... commis-voyageur.

— Cet emploi vous répugnerait-il ?

— Non pas !... je l'affronterai. Je traverserais

bien d'autres épreuves, du moment que vous me laissez entrevoir l'espérance...

— Ah ! je n'ai pas dit oui...

— Ni non. Permettez-moi de vous l'apprendre maintenant, il me reste une espèce de cousin dont je suis l'héritier... ce qu'on appelle des espérances.

— Eh ! monsieur le vicomte, il ne s'agit pas d'argent. Le bonheur de ma fille est au-dessus de toute autre considération. Si je pouvais un jour avoir foi en vous, être convaincu qu'aucun retour n'est à craindre...

— Quand faut-il partir, Monsieur ? je suis prêt...

— Demain matin. Vous dînerez avec nous comme d'habitude. J'apprendrai votre départ à Zoé... Qu'elle ne soupçonne rien de plus.

— Ah ! Monsieur Aubertin, était-il nécessaire d'ajouter cela !

Le père et le fils lui tendirent la main. Les

pressant toutes les deux, il répondit, il conclut par ce seul mot :

— Merci !

Le soir, comme on venait de passer au salon, le filateur annonça le nouvel emploi que venait d'accepter le vicomte Henri de Marville.

Les deux jeunes filles se récrièrent, surtout Zoé. A son tour, tranchant le mot :

— Ah ! vous !... vous, monsieur le vicomte...

Lui, souriant, enjoué, d'un air vaillant et résolu :

— Eh ! pourquoi donc pas, mesdemoiselles ? Est-ce que tous les fils de maison ne passent pas par là ?... Est-ce que Georges lui-même un élève de l'École centrale, a cru déroger ?... Pourquoi donc serais-je plus fier que lui ; son diplôme ne vaut-il pas mes parchemins ?... D'ailleurs, c'est une mission fort honorable que celle que j'entreprends. Le commis-voyageur est le premier soldat de l'industrie, il marche à l'avant-garde. Sans lui, pas

de transactions, pas de commerce. Il lui faut de
l'activité, du tact, de l'entregent, de la représen-
tation, de la diplomatie... C'est un ambassadeur,
un ministre plénipotentiaire. Je deviens le
patron... je suis M. Aubertin. Et vous voulez que
j'en rougisse?... Ah! mais non, non, mesdemoiselles... Outre que je me crois homme à relever
tout métier, ce métier-là n'a pas besoin qu'on le
relève. Pensez-vous qu'on me fera mauvais
accueil parce que je suis vicomte?... Au contraire... Quand on verra la bonne humeur, le
joyeux courage que je vais y mettre, il n'y aura
pas un de nos clients, si farouche qu'il soit, qui
ne me saura gré de ma visite. Un peu de distinction ne gâtera rien ; voire même un peu d'esprit,
si le coton m'en donne... N'oublions pas qu'il
s'agit de représenter la maison Aubertin. Gageons
que je vais faire des affaires d'or !... Vous ne me
croyez pas ?... Vous persistez à me plaindre ?...
Eh bien ! soit !... la tâche est pénible, ardue,

périlleuse. Je n'en ai que plus de mérite à l'affron-
ter... Je suis un chevalier qui s'embarque pour
la Palestine... Mademoiselle Zoé , mettez-vous
donc au piano, jouez-nous, *Partant pour la
Syrie*... c'est le morceau favori de monsieur votre
père.

Le lendemain, Zoé fut un peu moins gaie que
de coutume ; il y avait presque de la mélancolie
dans son sourire. Avait-elle donc deviné que c'était
pour la mériter un jour que le beau Dunois était
parti ?

Il ne reparut pas de sitôt. L'itinéraire était
long, bien que n'allant pas tout à fait en Palestine.

De temps en temps, le filateur lisait quelques
fragments de ses lettres, attestant une vive satis-
faction, un peu d'impatience parfois, toujours un
fidèle et charmant souvenir.

Lorsque ces lectures tardaient trop à se renou-
veler, Zoé demandait tout à coup :

— Est-ce que les affaires vont bien, mon père ?

— Très-bien, répondait en riant M. Aubertin. J'ai d'excellents voyageurs... un surtout... C'est décidément un brave et digne garçon.

Il y avait une légère rougeur sur la joue de Zoé ; elle embrassait son père, et c'était tout.

Pendant ce même temps, que devenaient Antoinette et Georges ?

XIII

A quelques pas de la filature, il y avait un groupe de vieilles maisons habitées en grande partie par les ouvriers et leurs familles.

Une nuit, nuit d'hiver, ce cri terrible retentit tout-à-coup : *Au feu! au feu!*

Les vieilles maisons étaient en flammes.

Georges et son père accoururent des premiers, organisant, activant, dirigeant les secours.

Il n'y avait plus qu'à isoler l'incendie. L'attaquer dans son foyer même, impossible.

Des constructions en pans de bois. Sur quelques masures, encore des toits de chaumes. Des rafales d'une violence extrême. Tout brûlait.

Fort heureusement, les incendiés avaient pu fuir, sauf deux ou trois vieillards, une femme paralytique.

Georges, entraînant par son exemple quelques généreux compagnons, Georges avait sauvé ces malheureux.

Tout-à-coup une femme, une veuve, une mère accourut. Absente depuis la veille elle arrivait par le train de nuit. Éperdue, folle de désespoir, elle criait :

— Mes enfants ! mes pauvres petits, mes pauvres enfants !...

On l'entoura, on la retint, tandis qu'on se tordant les bras elle indiquait le pignon de la maison la plus haute.

Un coup de vent écarta les flammes, et pendant

un rapide intervalle, sous le toit, au deuxième
étage, à la fenêtre d'une mansarde, on entrevit
deux petits bras qui s'agitaient.

Il y eut un cri déchirant de la mère.

— Une échelle ! une échelle pour redescendre !
commanda Georges qui venait de se précipiter, qui
disparaissait dans la maison en feu.

Tous les habitants s'arrêtèrent aussitôt frappés
de stupeur.

M. Aubertin, jusqu'alors retenu d'un autre côté,
arrivait :

— Mon fils est perdu !

A quelques pas de là, Antoinette et Zoé.

Venues pour apporter des secours, elles avaient
vu disparaître leur frère au milieu des flammes.
Elles restaient là, immobiles, terrifiées, béantes.

Il y eut un instant de silence !

Au milieu de ce silence, un appel étouffé de
Georges.

Puis un horrible craquement, un effondrement

du toit, de tout l'intérieur, dans un tourbillon de fumée, dans une immense gerbe d'étincelles.

Zoé, jetant un cri s'affaissa à la renverse entre les bras d'Antoinette, qui restait droite, elle, avançait la tête, les yeux démesurément ouverts, effrayante et superbe de pâleur.

Cependant, parmi la foule, un frissonnement de surprise, une grande clameur de joie.

A la place du rideau de flammes, qui vient de tomber aussi, la façade encore debout... et dans l'encadrement du pignon,.sur la poutre embrasée, Georges, tenant les deux enfants dans ses bras.

Le père, le vieux soldat, saisit l'échelle, et lui-même il court en poser les deux montants aux pieds de son fils.

Georges descend, se précipite tout chancelant vers ses deux sœurs :

— Prenez... prenez soin de ces deux pauvres petits ! Antoinette... Antoinette... vous qui avez pu résister à l'émotion...

— Oui, répondit-elle, sans avoir conscience de ses paroles ; mais, si vous n'étiez pas revenu, je serais morte !

— Ah ! s'écria Georges, tu m'aimes donc !...

Puis, succombant à la joie plus encore qu'à ses blessures, à l'épuisement de ses forces, il tomba sur ses genoux, il s'évanouit avec ce dernier mot :

— Je t'aime !

XIV

Lorsque Georges reprit ses sens, il était à la filature, dans sa chambre, dans son lit.

Par tout son corps un énervement douloureux. Il voulut remuer les bras ; ses bras, ses mains étaient entourés de bandelettes. Il en sentit d'autres sur son front. Sa tête était alourdie, ses idées confuses. Il parvint à se retourner quelque peu sur l'oreiller, il regarda par la chambre.

Une lampe, dont la mèche, aux trois quarts

13

baissée, n'y répandait qu'une vague lueur. Profond silence, même au dehors. Sans doute on était au milieu de la nuit.

Il referma les paupières, cherchant à rassembler ses souvenirs. Il y retrouva le vieux médecin de la maison... D'autres avec lui... un long pansement mêlé de souffrances aiguës, beaucoup de sang... une grande faiblesse... une fièvre violente... le délire... un lourd sommeil. Il se réveillait enfin.

Mais la cause de tout cela ?... Que s'était-il passé ? Rien de net encore dans son cerveau troublé. Georges ne se rappelait pas.

Il rouvrit les yeux. Dans son regard alangui, même incertitude. Des formes indécises, mouvantes, fantastiques, comme dans un rêve.

Cependant, par un effort de volonté, toute son attention se concentra vers un point qui l'attirait par un charme étrange.

Là, sous la douce clarté de la lampe, quelque chose comme une gracieuse apparition qui peu à peu se dessinait, se dévoilait, comme émergeant des ténèbres.

Deux femmes... deux jeunes filles... l'une dans un fauteuil, l'autre sur un tabouret... Celle-ci, la tête renversée en arrière, les paupières closes, ses beaux cheveux blonds répandus sur les genoux de sa compagne. Elle s'est endormie... Zoé. L'autre, Antoinette .. elle veille sur le blessé. Ses grands yeux attentifs et tout pleins de sollicitude sont fixés sur lui. Elle s'est aperçue de son réveil ; elle met un doigt sur ses lèvres comme pour lui commander l'immobilité, le silence. Il obéit, mais la regarde toujours... et se rendort en souriant...

Cette somnolence, cette torpeur, dura jusqu'au lendemain matin. Quand il en sortit, grand soleil. Auprès de lui, son père, la vieille Madelon, le docteur.

— Il est sauvé ! déclare celui-ci ; j'en réponds, mais pas d'imprudence...

— Dieu soit béni ! murmure la vieille Madelon,

qui s'agenouille à l'autre extrémité de la chambre.

Quant à M. Aubertin, une larme dans les yeux, il se penche au-dessus du chevet, sa vieille moustache descend et s'appuie sur le front de Georges.

— Mon enfant ! mon fils !

— Ne bougeons pas ! s'écrie le docteur, et parlons peu.

C'était permettre au moins une question.

— Depuis combien de temps suis-je donc ainsi ? demanda le blessé.

— Depuis trois jours, mon pauvre ami, mais les deux petits enfants de la Simonne sont déjà sur pied.

— Trois jours !... mais quand donc pourrai-je me relever, docteur ?

— Pas avant une semaine. Ah ! oui, je vous conseil de vous plaindre... Quand on est ainsi soigné, veillé, dorloté, mais c'est tout plaisir. Et pour gardes-malades, deux sœurs comme les vôtres. Braves et chères demoiselles ! Il a presque

fallu me fâcher tout-à-l'heure pour qu'elles aillent
enfin prendre quelques heures de repos.

Vers le soir, Georges remerciait Antoinette et Zoé.

— Oh ! répondit gaiement celle-ci, je ne mérite
qu'une toute petite part dans ta reconnaissance.
Je ne peux pas m'empêcher de dormir, c'est plus
fort que moi. Antoinette, à la bonne heure. Je
suis certaine que, durant les trois nuits, elle n'a
pas fermé les yeux. Une vraie sœur de charité.

Georges chercha vainement le regard d'Antoinette, elle baissait obstinément les yeux.

La guérison arriva plus rapidement que ne
l'avait espéré le docteur. Il s'agissait de contu-
sions assez graves à la poitrine, à la tête ; quelques brûlures aux bras. Mais Georges avait le
sang riche, une vigoureuse organisation. Au bout
d'une quinzaine de jours il n'y paraissait plus.

Et comme ils s'étaient rapidement écoulés ces
jours-là ! Rien de tel qu'un grand péril, une
convalescence, pour resserrer tous les liens du

cœur. Il semble qu'on recommence une nouvelle
vie. Les pures et fraîches émotions, les vives joies
de l'enfance s'y retrouvent. Jamais Georges n'avait
tant aimé son père, sa sœur, et, cependant, comme
il eût voulu les éloigner, ne fût-ce qu'un instant,
afin de rester seul avec Antoinette ! Mais non,
Antoinette ne le voulait pas ; elle ne se montrait
qu'avec Zoé, elle disparaissait avec elle. Dans son
attitude, dans sa physionomie rien qui rappelât
les paroles qui s'étaient échangées à la lueur de
l'incendie. Elle paraissait ne plus s'en souvenir.
Les avait-elle oubliées !

Un jour enfin, comme les deux jeunes amies
étaient au piano, jouant à quatre mains quelques
vieilles sonates allemandes, les préférées de Georges,
un morceau demandé par lui ne se trouva pas dans
le casier à musique.

Zoé se leva vivement pour l'aller chercher.
Antoinette eut un mouvement pour la suivre.

— Non, reste, ce n'est pas la peine que nous y

allions toutes les deux, je reviens dans un instant.

A peine la porte se refermait-elle que Georges s'élança vers Antoinette.

Elle devint très-pâle, elle eut un geste de désespoir : — Ah! Georges !...

Mais, à travers la porte vitrée de la terrasse, elle aperçut tout-à-coup la Simonne, qui semblait attendre avec ses deux enfants. Elle courut vivement lui ouvrir, l'appelant, la stimulant avec impatience. Elle prit elle-même les deux pauvres petits, un blondin frisé de trois ou quatre ans, une bambine qui marchait à peine, et vint les mettre dans les bras, les asseoir sur les genoux de leur sauveur.

— Ah ! vous ne pouvez pas refuser leurs caresses, ils vous doivent la vie.

La Simonne s'était approchée, elle avait saisi, elle baisait la main de Georges.

Il se hâta d'embrasser les enfants, vida son porte-monnaie dans les mains de la mère, et les congédia, les renvoya, referma la porte sur eux,

malgré tous les efforts que faisait Antoinette pour
les retenir.

Puis se retournant vers elle, et lui saisissant les
deux mains :

— Il faut m'écouter... je t'en prie... je le veux...
La vue même de ces enfants doit te rappeler l'aveu
s'échappant de ton cœur au moment où je les
apportais à tes pieds... le dernier cri de mon âme
au moment où j'y tombais, croyant mourir... Je
t'aime !... je t'aime !

Éperdue, palpitante, elle cherchait à fuir, à ne
pas entendre :

— Georges ! non, je n'ai rien dit... je ne sais rien...
je ne veux rien savoir... Mais songez donc que
votre père ne voudrait pas... ne voudra jamais...
Apporter le trouble dans cette maison ! moi !... je
serais une ingrate, une infâme... Non, Georges,
non... ne voyez en moi qu'une amie, une sœur,
rien de plus !... Grand Dieu ! Mais si je ne me
sentais pas là le courage d'oublier, la force de me

taire, comprenez donc que je ne serais déjà plus ici, que je partirais à l'instant... Voulez-vous que je parte... dites ?

La loyauté, la passion, la sainteté de la vertu, resplendissaient sur le visage d'Antoinette. Elle était merveilleusement belle, belle surtout de la beauté de l'âme.

Un instant Georges en fut comme ébloui. Puis avec une admiration dans laquelle entrait autant de respect que d'amour :

— Ne pars pas... Tu n'entendras plus de ma bouche aucun mot qui puisse t'alarmer... tu ne liras dans mon regard qu'une pieuse adoration... Sache-le seulement, je n'oublierai pas... Souviens-toi... Attendons... Espérons... et, comme tu me disais un jour, donnons-nous la main en gens qui s'estiment et comptent l'un sur l'autre. Dieu peut-être aussi se souviendra, il nous regarde !

Quelques instants plus tard Zoé rentrait. La sonate allemande s'exécuta comme si rien ne s'était passé.

XV

Cet état de choses se prolongea durant près de dix-huit mois.

Pour les indifférents, pour tout le monde, rien de changé dans la maison Aubertin. On citait cet intérieur comme le plus prospère, le plus calme, le plus exempt d'orages qui se pût rencontrer. Cependant, sous le flegme apparent de Georges, que de passion contenue ! sous cette patience affectée, quel impatient amour !

Antoinette aussi souffrait cruellement. Elle voyait souffrir son amant ; elle devenait de plus en plus anxieuse du destin de son père.

Un jour enfin, Georges se résolut à parler à M. Aubertin.

Dès les premiers mots, celui-ci l'arrêta ?

— J'ai tout deviné... je sais tout, mon fils, et désire sincèrement te voir heureux. Pour cela, que faut-il ? C'est triste à dire... il faut qu'Antoinette n'ait plus d'autres parents que nous. J'ai tout lieu de supposer qu'il en est ainsi. Celui qui fut son père a disparu. Oh ! mes recherches ne datent pas d'hier. J'ai su qu'il avait débarqué à New-York. Depuis, plus de traces, aucun indice, pas de nouvelles. Tout dernièrement encore j'ai écrit. J'espère des renseignements positifs par l'intermédiaire de cette importante maison américaine avec laquelle nous sommes en relation depuis peu, Jonathan Davis Jackson et C°. Tu me connais, mon enfant, je suis de ceux qui ne transigent jamais avec l'honneur. Il ne faudrait pas m'en vouloir. Si ce que tu souhaites... et je le souhaite aussi... devient possible, laisse-moi la joie de t'en avertir moi-même. Jusque-là, n'en reparlons pas. Rien. Tu sais maintenant que tes vœux sont d'accord avec ceux de ton père.

C'était presque un espoir, Georges attendit.

Sur ces entrefaites, Henri de Marville, qui jusqu'alors avait voyagé sans relâche, obtint l'autorisation de venir rendre enfin ses comptes.

Il arriva, ne cherchant pas à dissimuler son émotion, sa joie. Cependant il était vêtu de noir de la tête aux pieds, en grand deuil.

M. Aubertin lui en demanda la cause.

— Cher patron, répondit-il, je n'ai pas voulu vous l'écrire, sachant combien vous faites peu de cas de l'argent qui peut m'échoir derechef. Mais enfin, puisque vous me faites l'honneur de m'interroger, j'aurais celui de vous apprendre que mon cousin de Marville s'en est allé de vie à trépas, comme tout exprès pour me laisser vingt-cinq mille livres de rentes.

— Et nonobstant, vous avez continué...

— Ma tournée?... C'était mon devoir. Et je sais par votre exemple, commandant, qu'il faut rester quand même à son poste.

— C'est bien ; je suis content, monsieur le vicomte ..

— Il est un autre titre qui me rendrait beaucoup plus fier, beaucoup plus heureux.

Un sourire bienveillant se dessina tout d'abord sous la moustache grise de M. Aubertin. Puis, avec un brusque mouvement de restriction, comme à regret :

— Ah !... tenez, j'aime à ne rien garder sur le cœur. Il est une réparation qui lèverait mes derniers scrupules. Je veux parler de la disparition d'une pauvre fille...

— Suzon ? s'écria joyeusement le vicomte, mais c'est là le plus beau trait de ma vie. Je ne désespère pas de le voir annexer un jour à la *Morale en action.*

— Tel n'est pas l'avis de son ancien amoureux, Nicolas, qui, pas plus tard qu'hier, est venu réclamer jusqu'ici son Eurydice, et déposer contre vous une accusation dans toutes les formes.

— Eh quoi !... Nicolas l'aimerait encore ? Ah ! comme elle en sera contente, la digne et brave fille qu'elle est.

— Qu'est-ce à dire, monsieur le vicomte ?

— Monsieur Aubertin, voulez-vous m'accorder vingt-quatre heures et convoquer à cette échéance, ici-même, le susdit Nicolas ; c'est lui-même qui prononcera. Préparez-vous à me décerner ce même prix Montyon, que mérita jadis Scipion l'Africain.

Le surlendemain, le filateur, Georges et le vicomte se trouvaient de nouveau réunis.

Le vieux Joseph introduisit Nicolas.

Il était en chasseur de grande maison : habit vert galonné, chevronné d'or, épaulettes à graines

d'épinards, couteau de chasse en bandoulière,
bicorne empanaché de plumes de coq.

Mais l'oreille basse, la mine piteuse, l'aspect
lamentable.

Son entrée fut accueillie par un mouvement, un
sourire de surprise.

— Ah ! voilà ! déclara-t-il tranquillement, voilà
les fruits amers d'une ambition désordonnée.
Chasseur !... oui, chasseur chez une princesse
russe... mais encore incompris ; elle ne m'emploie
qu'à porter son king's-charles... domestique d'un
chien !... Encore s'il avait des égards... mais non...
une affreuse bête qui me tyrannise... Ah ! si je
pouvais abdiquer... et retrouver auprès de Suzon,
dans une condition même obscure, l'humble bonheur que j'ai perdu !

Ainsi qu'on le voit, Nicolas revenait corrigé,
mais avec un langage plus boursouflé que jamais.
Très-probablement, il avait abusé de la littérature
d'antichambre.

Cependant, avec un cri du cœur s'adressant au vicomte :

— Rendez-moi Suzon, monsieur !... Qu'avez-vous fait de Suzon ?

Sans s'émouvoir, Henri fit retentir le timbre :

— Joseph, introduisez le témoin... Nicolas, tu vas la revoir.

— La revoir !... oui... sans doute en toilette extravagante... et comme elle m'en menaçait jadis, avec des plumets qu'on en pourrait épousseter le clocher de Pont-l'Évêque...

Nicolas s'arrêta tout-à-coup, les yeux écarquillés la bouche toute grande ouverte.

Une jeune et modeste ouvrière, au maintien réservé, à la toilette simple, à l'aspect honnête et même un peu timide, venait d'apparaître sur le seuil.

C'était Suzon.

— Suzon, dit le vicomte, viens me défendre, on m'accuse à cause de toi.

— Et l'on a bien tort, s'empressa-t-elle de ré-

14

pondre, car M. le vicomte est bien le plus généreux et le plus digne jeune homme qui soit au monde.

— Jarnigoi ! s'écria rustiquement Nicolas, qu'est-ce que cela signifie ?

Le vicomte, répondant surtout à MM. Aubertin père et fils :

— Cela signifie qu'en effet j'avais enlevé Suzon, mais en tout bien tout honneur. Il était manifeste qu'elle n'agissait que par dépit, par vengeance. En abuser, fi donc ! Je voulus du moins lui laisser le temps de se reconnaître. Un soir enfin, comme nous soupions pour la première fois ensemble, et que je me permettais de lui baiser le bout des doigts, la pauvre enfant se mit à pleurer dans son verre de champagne, et me dit :

— Décidément, monsieur Henri, je ne suis pas née pour cela ; j'aime Nicolas, et veux rester honnête fille.

Alors, je conduisis Suzon chez une couturière connue pour ses bonnes mœurs, et, sur le peu qui

me restait, j'y payai son apprentissage. C'est là
qu'elle était encore hier, et faisant honneur au
bien petit service que m'avait inspiré sa sagesse,
lorsque, sur votre reproche, monsieur Aubertin,
j'ai dû l'appeler ici pour qu'on reconnût son innocence et la mienne. Voilà !

Nicolas se prit à pleurer, à rire, et tombant aux
genoux de Suzon :

— Quoi ! quoi ! Suzon, tu ne t'es pas laissé
séduire par les tentations de Paris !... tu m'aimes
toujours !... Ah ! tiens, j'étais un ingrat, bats-moi !

— Nous verrons ça quand tu seras mon mari.
Ça y est-il, cette fois ?

— Oui ! oui ! Suzon...

— Mais pas en chasseur ?

— Jamais plus ! A bas le chapeau à plumes ! à
bas la livrée ! je veux que tu sois la femme d'un
homme libre.

— Je me contenterai d'être la femme d'un jardinier... surtout si la place est encore vacante ici,

conclut Suzon toute souriante avec une belle révérence à l'adresse de M. Aubertin.

— Rentre chez nous, Nicolas, répliqua celui-ci.
Mais il faudrait une place en même temps pour
Suzon.

— Si par hasard je me mariais, dit Henri, je
la donnerais de grand cœur pour femme de chambre à la vicomtesse de Marville. En attendant ne
pourrait-elle pas rester comme telle auprès de mademoiselle Aubertin ?

— Eh ! je ne demande pas mieux. Nous arran-
gerons cela.

Je laisse à penser la joie des deux futurs
époux.

Henri regardait son patron, tout plein d'espérance aussi.

— Une dernière épreuve, exigea M. Aubertin,
un dernier voyage.

— Oh ! pas loin ?

— En Amérique.

XVI

Ce n'était pas seulement une mission commerciale dont avait été chargé le vicomte ; il s'agissait surtout de savoir ce que Jacques était devenu, s'il était encore de ce monde.

Bien que Henri fût sur le point d'entrer dans la famille, M. Aubertin ne lui en avait pas dit le secret. Georges lui-même ignorait le passé, la condamnation de Jacques Morand. Antoinette et son père adoptif étaient seuls à tout savoir ; ja-

mais un mot de cela ne s'était échangé entre eux.
Il y a de ces discrétions-là dans les familles.

Mais l'instinct du cœur fait deviner bien des
choses. Georges avait pressenti que son bonheur
était en jeu, que le terme approchait. Sans en
rien laisser paraître, au plus profond de son âme,
Antoinette elle-même en avait une vague espérance. M. Aubertin lui parlait, la regardait avec
encore plus de tendresse. Parfois involontairement, il semblait la confondre avec son fils dans
une sorte d'avenir commun. Un soir, enfin, comme
cédant à une brusque impatience qu'il eût éprou-
vée lui-même, il les réunit dans un même embras-
sement, il leur dit avec des larmes dans la voix :

— Espérez !... Je vous aime bien tous les deux...
vous êtes dignes l'un de l'autre...

Zoé était là, partageant leur émotion, souriant
de son plus gracieux sourire. Depuis quelque temps
elle observait beaucoup, l'insouciante Zoé.

D'ailleurs, elle avait eu avec son père plusieurs

entretiens particuliers, presque mystérieux. Elle
en était devenue toute pensive, toute solennelle.

On n'attendait Henri que dans quelques jours ;
il arriva tout-à-coup. C'était après le déjeuner. La
famille se trouvait réunie au salon.

— Comment ! déjà, monsieur le vicomte ?

— Par un motif bien simple, cher monsieur
Aubertin : ces renseignements que vous espériez
de Jonathan Davis, Jackson et compagnie, l'un
de ces messieurs, l'honorable sir Jackson, a voulu
vous les apporter lui-même.

— Jackson...

— Le plus aimable Yankee qui se puisse voir.
Nous avons fait ensemble la traversée. Il parle
très-bien français, il aime la France à ce point
que, Dieu me damne ! en entrant ce matin dans
le port du Havre, le plus ému de nous deux c'était
lui. J'ajouterai même qu'il vous connaît et vous
estime fort, sans doute par votre correspondance,
et s'intéresse à toute votre maison. Je vous l'amène.

Il est là qu'il visite en ce moment les ateliers.

Dès les premiers mots de son mandataire, le filateur avait paru frappé. Une vague appréhension s'emparait de son esprit. Une seconde fois, d'un air étrange, il répéta ce nom : « Jackson ! » Puis, il releva, secoua la tête comme pour chasser une crainte folle, un absurde soupçon.

Son regard rencontra les grands yeux d'Antoinette, ardemment fixés sur lui.

D'autre part, Henri s'avançait, prenant une attitude suppliante.

Heureux de cette diversion le père de Zoé répondit en désignant sa fille :

— Monsieur le vicomte, j'ai parlé pour vous .. je vous permets d'embrasser votre femme.

Henri ne s'attendait pas à une si brusque joie. Il chancela, pâlit, et lui, l'homme du monde que rien n'embarrassait, il se troubla pour la première fois de sa vie, tout balbutiant, presque gauche.

Par contre, Zoé acceptait sans trop d'émoi,

gracieusement, gaiement son rôle de fiancée. Certes, elle baissait les yeux, ainsi qu'il convient en pareille circonstance, et, sur ses traits charmants un poète du Directoire eût vu s'évanouir les roses de la pudeur. Mais enfin, elle restait parfaitement maîtresse d'elle-même et conservait même un certain aplomb. Où les plus effrontés s'intimident, on voit parfois s'enhardir les plus ingénues.

Elle répondit:

— Ah! mon père! est-ce qu'on jette ainsi sa fille à la tête des gens?... Je ne voudrais pas désobliger M. le vicomte. Cependant il me faut bien lui apprendre, et à vous aussi, mon père, que j'ai fait un vœu : me marier le même jour que Georges.... le même jour qu'Antoinette.... Ah! ne discutons pas... il s'agit d'un serment.... j'ai juré!

Vainement elle avait vu s'amasser un orage sur le front de son père, vainement Antoinette avait voulu l'interrompre, elle était allée bravement jusqu'au bout, toute fière de sa résolution, sans se douter le moins du monde que dans cet intérieur si calme, dans ce ciel si pur, mais tout imprégné d'effluves électriques, elle déchaînait la tempête.

Georges, excité par le regard de sa sœur, se souvenant des bonnes paroles échappées la veille à son père, Georges aborda franchement la situation.

— Eh bien ! mon père, je ne voudrais pas retarder le mariage de Henri... Que dites-vous du vœu de Zoé ?... Il me semble aussi que cela nous porterait bonheur à tous... Vous ne répondez pas... pourquoi ?

— Eh ! s'emporta le vieux soldat, parce que je n'ai rien à répondre !

Son fils le supplia du geste, du regard.

— Rien !

Chez ces deux hommes, le même sang, une pareille énergie pour se contenir, une pareille impétuosité dans l'explosion, dans la volonté.

— Mon père ! mais songez-y donc, mon père !
Un tel refus, sans explications, sans motifs,
devient offensant pour celle qu'hier encore vous
appeliez votre fille.

— Ah ! oui !... je le voudrais... je le voudrais
qu'elle fût ma fille !

— Cela dépend de vous, mon père. Daignez
m'entendre.

Georges se tenait droit, la physionomie respectueuse, mais la tête haute. Dans ses yeux, dans
son accent, dans tout son être, quelque chose de
passionné, de douloureux, mais de résolu. On
sentait que dans cette crise solennelle, son âme
tout entière allait parler.

— Mon père... vous le savez... le cœur de votre
fils ne s'est pas égaré dans les sentiers de la jeunesse. L'amour, pour moi, c'est chose grave, sa-
crée, éternelle. J'ai attendu de rencontrer une
compagne telle que je la rêvais, telle que je la voulais, telle que fut ma mère. Le ciel lui-même

semble l'avoir placée sur mon chemin. C'est Antoinette. Voulez-vous me la donner pour femme?

Antoinette s'était précipitée vers lui.

— Georges! Georges!... au nom du ciel, tai-
sez-vous!...

Elle cherchait à l'arrêter par tous les moyens.
Elle avait voulu lui jeter une main sur les lèvres.
Il s'empara de cette main, la passa sous son bras,
l'y maintint de force, et comme si ce contact eût
justifié plus encore sa détermination, sa véhé-
mence:

— Répondez-moi, mon père!... répondez!...

Tel avait été le commandant Aubertin sur le
champ de bataille de Waterloo, désespéré, sombre,
mais inébranlable et prêt à tout plutôt qu'à céder,
tel il était maintenant dans cette autre situation
terrible où le devoir lui commandait de tout sacrifier à l'honneur.

Seul, le vicomte avait conservé son sang-froid.
Il comprit qu'il fallait détourner la foudre; il

chercha du regard un expédient, et l'ayant trouvé par bonheur :

— Ah ! fit-il tout-à-coup, voici sir Jackson qui vient par ici.

Ce nom de Jackson opéra chez tous une diversion immédiate. C'était par la fenêtre que Henri avait aperçu l'Américain ; Antoinette se précipita vers la fenêtre. Mais déjà son père adoptif s'y trouvait, lui barrant le passage :

— Ne regarde pas !... Emmenez-la !... Va-t'-en !

Dans ces injonctions fiévreuses, il n'y avait encore que de l'épouvante. Il y eut de la colère, presque de la brutalité, lorsque Antoinette, toute surprise, tout éplorée, voulut insister et se blessa :

— Ah ! monsieur !... mais que vous ai-je donc fait ? Jamais vous ne m'avez parlé ainsi... vous qui me traitiez comme votre enfant...

Chez ces natures fières, contenues, la tension nerveuse produit de brusques revirements, des accès de sensibilité soudaine. Antoinette éclata en sanglots.

— Des larmes, à présent ! Mais éloignez-là donc... je le veux.

Tout-à-coup le vieux Joseph annonça :

— Monsieur Jackson.

Sur un geste impératif et prompt de leur père, Georges et Zoé entraînèrent vivement Antoinette.

Elle disparut. Mais déjà l'étranger arrivait sur le seuil.

Son regard alla droit vers elle ; il put remarquer ses larmes.

C'était un homme de haute taille, au maintien digne et sévère. Un grand front chauve, une tête couronnée de cheveux blancs. De longs favoris blancs, le menton rasé. Le teint mat et brun, la physionomie calme et placide. Une grande fermeté, de l'énergie dans les traits, dans le regard. Et cependant aussi de la douceur, voire même une certaine tristesse. On devinait un homme qui avait

beaucoup travaillé, beaucoup lutté, peut-être beaucoup souffert. Enfin, dans la coupe ample, carrée,
un peu roide du vêtement, quelque chose de carac-
téristique, d'original, qui complétait admirable-
ment ce type du parfait gentleman américain, digne
de s'asseoir sur le fauteuil présidentiel des États-
Unis.

Le vicomte, après l'avoir présenté du geste, se
retira discrètement.

Déjà M. Aubertin avait examiné l'étranger;
déjà s'affermissant dans sa conviction, il se disait :

— C'est lui !

XVII

Les deux hommes se regardèrent longuement, froidement, en silence.

Puis, le filateur :

— Vous avez visité l'usine ?

— Oui, monsieur, répondit l'étranger. Je vous en fais mes compliments. En Amérique, nous en avons peu d'aussi parfaites.

Il y eut un temps. On s'observa de nouveau. Le Yankee soutint ce regard sans s'émouvoir,

d'un visage presque souriant. M. Aubertin reprit,
comme ayant oublié la nationalité, le nom du
visiteur, ou plutôt comme voulant les lui faire
confirmer par lui-même :

— Vous êtes Américain, monsieur... monsieur?...

— Jackson.

— Pardon... c'est juste.

Il offrait un siége.

— Oh ! fit Jackson... je craindrais d'abuser...
vous étiez en famille.

— N'importe, répondit Aubertin. J'ai dès
renseignements à vous demander.

— Oui, je sais. Vous nous avez fait l'honneur,
d'en écrire à la maison Jonathan-Davis Jackson
et compagnie.

— Ce n'est plus de cela qu'il s'agit pour le
moment. C'est de vous-même, monsieur Jackson,
de vous seul, que je solliciterai tout d'abord un
avis, un conseil.

Jackson s'assit enfin, sur l'insistance de son hôte, qui l'imita.

Après une dernière hésitation, bien en face, les yeux dans les yeux, le père adoptif demanda tout-à-coup :

— Êtes-vous père, monsieur ?

Sur le visage, jusqu'alors imperturbable de Jackson, il y eut un léger tressaillement. Mais, domptant aussitôt cette émotion :

— Non, monsieur, répondit-il, je n'ai plus ce bonheur... Vous me semblez plus heureux ; il y avait là tout-à-l'heure deux jeunes filles charmantes. Vos filles sans doute ?

Aubertin ferma les yeux un instant, puis les rouvrit tout-à-coup.

— Oui.

Après une pause, Jackson reprit :

— L'une de ces demoiselles semblait attristée, désespérée.

Son hôte l'arrêta brusquement :

— Avant de poursuivre, monsieur, voulez-vous me permettre une question ?

— Assurément.

— Auriez-vous rencontré là-bas, en Amérique, un nommé Jacques Morand ?

— Oui. Oubliez-vous donc que c'est pour vous apporter des renseignements à son sujet que je suis venu ? Je vous l'avouerai même, c'est un peu de sa part que me voici...

— Ah ! vous connaissez...

— Toute sa vie... jusqu'à son départ de cette maison. Si cela vous intéresse, je dirai ce qui lui est arrivé depuis.

— Dites.

— Il s'était embarqué comme matelot, ne croyant pas même avoir de quoi payer son passage. A peine en mer, le capitaine lui remit trois mille francs... provenant, disait-il, d'une personne inconnue. Ce bienfaiteur, Jacques Morand le devina. Il m'a chargé du témoignage de sa recon-

naissance... et du remboursement de la somme...
S'est-il trompé, monsieur ?

Jackson venait de tirer d'un portefeuille
quelques bancknotes ; il les offrait à M. Aubertin.

Celui-ci, les acceptant, répondit :

— Il a deviné juste. Mes filles auront de quoi
faire largesse à leurs pauvres ; vous l'en remer-
cierez de ma part. J'avais cru payer une dette...
Mais je suis si heureux de recevoir de Jacques
Morand cette preuve de dignité, cette preuve de
succès.

— Effectivement, votre générosité lui porta
bonheur. Déjà retrempé par le désespoir, par le
remords, en mettant le pied sur le sol du nouveau
monde, il se sentit devenir un homme nouveau.
Dès les premiers pas, sa bonne étoile lui permit de
rendre service à l'un des principaux négociants de
New-York, qui lui donna de l'emploi ; puis, re-
marquant son ardeur au travail, ayant éprouvé sa
probité, l'intéressa, l'associa bientôt à ses impor-

tantes opérations. Cependant, Jacques Morand ne
lui avait rien caché, ni sa flétrissure par la justice
des hommes, ni son châtiment par la justice de
Dieu. Mais ces Américains sont ainsi faits, ils ne
tiennent compte que du présent, ils ne regardent
que vers l'avenir.

Jackson parlait sans émotion visible, simplement, gravement, comme un homme du monde.
Mais sous cette apparente froideur, celui qui l'écoutait, qui le devinait, sentait poindre l'amertume
et la douleur.

— Ainsi donc, reprit Aubertin, ainsi donc Jacques Morand a fait fortune?

— Du moins, répondit Jackson, il est en passe
de devenir riche. Heureux, jamais! Il est son
juge le plus sévère, il ne se pardonne pas. Ses
souvenirs sont toujours là, navrants et terribles.
Sans cesse il pense à sa femme, morte de misère
et de chagrin, morte par lui, mais qu'il espère
maintenant retrouver là-haut,... à sa fille dont il

n'aurait garde d'approcher, de se faire reconnaître... Sa fille! oh! si vous saviez pourtant
comme il l'aime, ce pauvre père exilé si loin, par
delà l'Océan, par delà l'oubli!... Tout ce qu'il a
gagné, son sang, sa vie, il les donnerait de grand
cœur pour l'embrasser... ne fût-ce qu'un instant...
et puis mourir après... Mais non!... non! il a
promis, il a juré. Ce n'est pas un père égoïste.
Rien pour lui, tout pour elle. La savoir honorée,
heureuse... voilà tout ce qu'il demande. Il voulait
venir... je suis venu, moi. Comment vais-je lui
dire que sa fille avait pleuré!...

En dépit de lui-même, Aubertin se sentait ému.
Ce qu'il voyait, ce qu'il entendait, dépassait
tellement son attente! Jacques avait si complètement disparu pour faire place à Jackson! Comment ne pas l'estimer, cet homme, ce gentleman
qui était là, devant lui, racontant avec simplicité
sa revanche héroïque, et, dans un langage modeste, exprimant de si nobles sentiments! Les

vertus les plus hautes, aux yeux du commandant Aubertin, c'étaient précisément l'abnégation, le devoir accompli sans orgueil, le sacrifice accepté sans gloire. Aussi son accueil s'était-il modifié, c'était d'égal à égal qu'il traitait maintenant Jackson, bien que résolu plus que jamais à lui tenir tête, à ne pas lui céder un pouce de terrain.

Lorsque ce nom avait été prononcé : Antoinette... Antoinette en larmes... le père adoptif s'était senti monter au front une légère rougeur ; il paraissait être dans son tort. Ce fut presque en baissant les yeux qu'il balbutia :

— Ah ! vous avez remarqué... vous avez cru voir...

— J'ai vu, répondit affirmativement le père véritable.

Aubertin resta immobile. Puis, il porta la main à son visage pour mieux encore se recueillir. Après quoi, relevant la tête :

— Monsieur Jackson, reprit-il, je vais vous répondre avec une franchise égale à la vôtre. Quelques mots me suffiront. Mon fils aime la fille de
Jacques.

Jackson se recula, épouvanté de la révélation,
plus encore de l'inflexible rigidité que prenaient
les traits de celui qui venait de la faire.

Chez ces deux hommes, chez ces deux pères, un
amour passionné, celui-ci pour sa fille, celui-là
pour son fils. Chacun d'eux savait, sentait maintenant que l'enjeu de cette partie décisive qui se
jouait entre eux, c'était peut-être la vie ou la mort
de son enfant.

Cependant, d'une voix oppressée, Jackson demandait :

— Mais... elle. . Antoinette... aime-t-elle votre
fils ?

Aubertin répondit, mais non sans dompter une
émotion qu'on sentait devenir de plus en plus
douloureuse :

— J'espère... j'espère encore qu'elle n'a pour lui qué l'affection d'une sœur.

— Ah! fit Jackson dont la voix tremblait, ah ! vous espérez cela... Pourquoi ?

— Parce que je voudrais que mon fils fût seul à souffrir.

— Seul à souffrir... expliquez-vous...

Après une hésitation dernière, Aubertin rassembla, stimula tout son courage, et nettement, catégoriquement, répondit :

— Ce mariage ne se fera pas. Oh ! je puis être dans le faux. Un préjugé, soit ! Mais inflexible, inexorable comme une volonté... jamais !

— Ah ! monsieur, s'écria Jackson, vous êtes cruel !

— Cruel envers les miens, envers moi-même. Car je lui rends justice à cette enfant, je l'aime. Jamais ma fille ne retrouvera pareille sœur, jamais mon fils pareille femme. C'était le bon ange de ma maison. Tous, nous la regretterons ; tous nous la pleurerons ; tous, nous serons inconsolables de l'avoir perdue. Mais il le faut... l'honneur le commande... Et puisque son père a su reconquérir une position honorable... là-bas... s'il était ici, je lui dirais : Reprenez votre fille... Emmenez-la, monsieur, emmenez-la ?

Et cet homme qui passait aux yeux de bien des gens pour insensible, cet homme de fer pleurait, sanglotait comme un enfant.

L'autre, au contraire, ne put se défendre d'un premier élan de joie :

— L'emmener!... Oh! ce serait sa consolation, à lui, son bonheur!... Mais... si pour Antoinette aussi cet amour était de ceux qui ne s'oublient pas !

— Voilà ce qui m'effraye, répondit gravement le père de Georges, et pour tous les deux. Voilà pourquoi ce matin j'hésitais encore.

— Ce matin .. et pourquoi donc n'hésitez-vous plus maintenant ?

— Eh ! parce que...

Aubertin s'était arrêté tout à coup comme n'osant exprimer sa pensée.

Jackson insista :

— Dites... mais dites donc, monsieur ! nous sommes deux hommes ici, nous pouvons tout nous dire.

— Parce que j'ai peur maintenant que Jacques Morand ne revienne.

A ce brusque aveu, Jackson eut un regard, un sourire superbe.

— Ah ! tout s'éclaircit maintenant. Ces huit années de disparition... ce silence complet... Ces renseignements que vous nous demandiez là-bas... Dans une de vos lettres, ne s'agissait-il pas d'un acte mortuaire ?... oui, oui, vous aviez espéré... vous aviez cru... je comprends... il n'y a que les morts qui ne reviennent pas.

Sous l'ironie de ces paroles, il était facile de deviner que le cœur saignait.

Aubertin voulu protester :

— Jacques...

— Je suis Jackson, répondit fièrement celui-ci plus rien que Jackson... et, loin de vous blâmer, je vous approuve, monsieur. Oui, dans une famille comme la vôtre, où l'honneur est la rigide loi... une faute s'oublie rarement, une condamnation ne se rachète pas. C'est justice... Je le ferai comprendre à Jacques Morand. Ce pauvre Jacques Morand ! lui qui se donnait tant de mal, tandis que c'est si simple... Oui, oui... même honorable et honoré maintenant, même épuré par la souffrance et le travail, il vaudrait mieux pour sa fille qu'il fût mort.

— Oh ! je n'ai pas dit cela...

— Je le dis, moi. Lui mort, on l'oublierait. Antoinette serait heureuse. Que veut-il ? Pas autre chose. Eh bien ! soit !... ce courage-là non plus ne lui fera pas défaut.... Oh ! mais ne le plaignez donc pas. Se sacrifier ainsi, c'est une joie...

et sa femme qu'il ira retrouver... la pauvre chère mère de sa fille sera contente !

Jacques, — car il faut enfin l'appeler par son nom, — Jacques avait en ce moment sur le visage le saint enthousiasme du dévouement, quelque chose de cette sublime impatience qui rayonnait jadis au front des martyrs. Comme eux, il trouvait que les lions n'arrivaient pas assez vite.

L'autre cependant, trop ému pour parler, employait le regard et le geste à combattre la résolution, à le supplier qu'il y renonçât. Et d'ailleurs, à quoi bon des arguments, des mots ? Il sentait bien que toutes les éloquences du monde eussent été stupides en ce moment, même celle du cœur.

Mais il s'arrêta tout à coup, immobile, charmé, certain de vaincre, vaincu lui-même.

Il venait d'apercevoir, derrière une tapisserie s'entrouvrant, Antoinette et Georges.

Antoinette, pâle, frémissante, les lèvres muettes d'admiration, le visage ruisselant de larmes silencieuses. Une statue, la statue de la pitié filiale.

De la main, son père adoptif lui commanda de se taire et de rester immobile encore.

Puis, d'une voix que l'attendrissement rendait vibrante, à Jackson !

— Mais la fille de Jacques... sa fille...

— Elle ne l'aura pas même revu, répondit-il. Elle ne soupçonnera rien. Elle ne saura rien.

Aubertin fit un signe. Antoinette se précipita dans les bras de Jacques :

— Elle a tout entendu; elle sait tout... Mon père ! mon père !

XVIII

Il est des situations qu'il faut renoncer à décrire.

Passer soudainement de l'extrême douleur à l'extrême joie ; d'un souterrain, d'un cachot sans air et sans soleil, à la pleine liberté, à la pleine lumière, dans des jardins délicieux ; l'étonnement, le ravissement du premier homme à l'aspect du paradis, tel était l'état de Jacques.

Quant à Antoinette, la joie, les pleurs, l'éclat

16

du regard, le rayonnement du front, l'épanouissement du sourire, le charme idéal, tous les nobles sentiments, toutes les généreuses ardeurs,
toutes les beautés de l'âme, elle les avait en ce
moment.

Georges la contemplait, dans une muette ivresse,
mais n'osant encore se livrer à l'espoir. Sur la physionomie du commandant Aubertin, qui déjà re-
prenait toute son austérité, il était facile de voir
que son entraînement n'avait été qu'une surprise
du cœur.

Seule, Antoinette pouvait parler :

— Toi ! mon père !... toi mourir ! mourir pour
moi ? Ah ! mais je ne veux pas... Je t'ai retrouvé,
je te garde !

Et, tout orgueilleuse de lui, toute fière d'elle-
même, elle l'embrassait encore.

Lui, chancelant, éperdu, croyant rêver, mais
n'ayant pu se défendre d'une première explosion
de tendresse :

— Antoinette !... ma fille ! mon enfant !. ma...

Il se souvint tout-à-coup. Il retrouva le courage de l'éloigner de lui.

— Non !... non !... je ne voulais pas... vous vous trompez... je ne suis pas...

Elle le fit taire avec un baiser. Puis, se redressant entre ses bras, les mains sur ses épaules, les yeux dans ses yeux, le bravant du regard :

— Ose donc me renier pour ta fille !

Il eut le rire insensé d'un bonheur au-dessus des forces humaines. Il y succomba ; ses yeux se voilèrent. Il se laissa tomber sur un siége, la tête dans ses deux mains, comme cherchant à retenir sa raison qui s'en allait.

Antoinette en profita pour se retourner vers son père adoptif, vers son fiancé.

Etreignant son cœur d'une main, luttant contre la douleur qui l'envahissait, mais digne et résolue, elle leur dit :

— Monsieur Aubertin... Georges... je suis heu-

reuse que vous soyez là tous les deux. Merci de
m'avoir adoptée, aimée... Vos leçons, vos exem-
ples, m'ont élevé l'âme à la hauteur de mon devoir... envers vous comme envers lui. Je vous dois
tout, et ne puis mieux vous prouver ma reconnaissance qu'en vous quittant. Adieu !

A ce mot, il sembla qu'un abîme s'ouvrait tout-
à-coup sous les pas de Georges. Georges eut la cris-
pation de visage, le cri d'un homme en qui quelque chose se déchire.

— Antoinette !

Elle, également torturée, suppliante, mais
ferme en son dessein :

— Ma place n'est plus ici ; ma place est auprès
de mon père.

Jacques s'était redressé, redevenu maître de lui :

— Non ! refusa-t-il, non, ma fille ! Tu ne par-
tageras pas le châtiment de mon passé. Seul je
fus coupable...

Elle l'interrompit :

— Tu es malheureux, je ne te laisserai pas repartir seul. A moi d'être ta consolation, ton encouragement, ta récompense. C'est là ma tâche. Elle me sera douce à remplir. Je t'aimerai... je t'aime, mon père !

Elle voulait l'entraîner, impatiente à son tour du sacrifice.

— Antoinette! lui cria Georges, en se jetant au-devant de ses pas, effrayant de pâleur, haletant de désespoir.... mais, moi !... moi !...

Elle était à bout de forces. Elle ne se soutenait plus que par l'exaltation même de son dévouement. On sentait, pour ainsi dire, son cœur palpiter en elle, comme prêt à se rompre. D'une voix qui vibrait sur les plus douloureuses cordes de l'âme, elle répondit :

— Je sais... je sais, Georges.., mon pauvre Georges. Mais que voulez-vous ?... il y a des fatalités qui séparent. Nous avons tous les deux un

devoir à remplir. Donnez-moi votre main...
oubliez-moi.

Il éclata :

— T'oublier !... mais cet amour-là c'est mon
bonheur, c'est ma vie... et tu veux que j'y renonce,
à l'instant, pour jamais !... Ah ! mais dites-lui
donc que j'en mourrais, mon père !... Non ! tu ne
partiras pas... je te retiendrai malgré toi... je ne
veux pas te perdre... Oh ! si tu m'aimais comme
je t'aime !

Jamais l'amour n'eut des accents plus vrais,
plus passionnés. Il n'est que les âmes chastes et
contenues pour avoir de ces élans-là. Toutes les
effervescences, toutes les spontanéités s'y sont
amassées lentement. Elles font irruption tout-à-
coup. C'est la fougue du torrent qui s'empare de
tout et l'entraîne.

Georges, le malheureux Georges, s'était préci-
pité aux pieds d'Antoinette ; il la retenait par le
pan de sa robe. Il lui saisit la main. Dans ce

contact, il y eut comme une étincelle électrique.
Antoinette, à son tour, ne put étouffer plus longtemps la flamme qui lui monta du cœur aux
lèvres. Georges venait de lui prendre une main,
elle lui prit les deux mains. Il venait de lui crier :

— Oh ! si tu m'aimais comme je t'aime !

Elle lui répondit :

— Il en doute ! ingrat !... Mais qu'ai-je donc
fait depuis que je suis ici, sinon t'aimer !... d'abord
comme une sœur... puis, chaque jour de plus
en plus, comme une fiancée, la fiancée de ton âme !
Notre mariage, mais c'était ma secrète ambition,
tout mon espoir. Je le dis devant mon père,
devant le tien, hautement et fièrement, car je me
sens digne de toi ! Je cesserais de l'être si je te
sacrifiais mon père... Quitterais-tu ton père toi ?...
Non. Ne me retire donc pas mon courage. Mais,
sache-le bien, jamais à d'autre qu'à toi ! La
moitié de mon cœur reste avec toi. Tiens ! je te la
laisse dans ce baiser...,

Elle effleura d'un baiser rapide le front de Georges, toujours agenouillé devant elle. Puis, retournant chercher comme un refuge dans les bras de son père, sublime d'héroïsme filial :

— Mais il y a le devoir ! le devoir avant tout... Adieu !

Georges, palpitant, éperdu, se roulait à ses pieds :

— Antoinette !... Antoinette !...

Jacques, d'un autre côté, la suppliait :

— Ma fille... cet amour... mais tu en mourrais !

Elle eut l'inspiration d'un sublime mensonge. Elle lui répondit tout bas, rapidement, presque avec un sourire :

— Mais non ! ne crois pas cela... je ne parle ainsi que pour le consoler... je ne l'aime pas... je...

Mais enfin, brisée par ce dernier effort, éclatant en sanglots, presque évanouie, elle tomba dans les bras de son père :

— Oh ! mais emmène-moi donc mon père !...
emmène-moi... partons !

En ce moment, attirée par toutes ces clameurs,
Zoé parut, suivie de Henri.

Georges les aperçut, les appelant à son aide :

— Mon ami... ma sœur... ah ! venez, venez...
vous ne savez pas... elle veut nous abandonner,
partir... empêchez-là donc de partir !... Mon
père !... mais vous le voyez bien, mon père, c'est
impossible !

Il y eut un groupe dans lequel se mêlèrent et
se confondirent les embrassements, les sanglots,
les larmes...

Puis, un coup sec fit retentir le timbre, et la
voix brève d'Aubertin, resté seul à l'écart, dit au
vieux Joseph :

— Qu'on prépare une chambre pour M. Jackson.
Nous reprendrons cet entretien, monsieur Jackson.
A demain.

XIX

Lorsque, le lendemain, Antoinette demanda son père, on lui remit une lettre de Jacques.

Il lui écrivait :

« Ma bien-aimée fille,

« J'ai voulu repartir.

« M. Aubertin consent à ton mariage avec son fils. Ce mariage, moi, je te l'ordonne.

« Ne t'afflige pas, mon enfant, de ce que je ne serai pas là. Mon cœur y sera.

« Là-bas, de la rive américaine, je prierai pour votre bonheur et vous bénirai tous les deux.

« A chaque anniversaire, je viendrai passer un jour auprès de vous. Je te le promets, je te le jure ; et tu sais qu'on peut compter sur la parole de ton père.

« JACQUES. »

.   .   .   .

C'était Aubertin lui-même qui remettait cette lettre à Antoinette.

Avec lui, Georges, Zoé, Henri.

Après une dernière résistance d'Antoinette, après une seconde lettre de Jacques, le mariage s'accomplit.

.   .   .   .

Un an plus tard, à pareil jour, sir Jackson arriva.

Madame Georges Aubertin venait d'être mère.

En embrassant son petit-fils :

— Antoinette, dit-il, c'est vers l'avenir qu'il te faut regarder maintenant, non plus vers le passé.

Tu n'appartiens plus à ton père, tu te dois à ton enfant.

Du reste, il ne fit que passer. Des affaires urgentes.

Comme sir Jackson remontait en voiture, Aubertin lui tendit la main.

— Non, répondit modestement Jacques, pas encore.

. . . .

L'année suivante Jacques ne vint pas.

La guerre éclatait en Amérique.

On put lire dans les journaux américains que le riche négociant Jackson, à la tête de tous ses employés, de tous ses ouvriers, blancs et noirs, était venu se ranger l'un des premiers sous les drapeaux du Nord.

Ce fut, une année plus tard, le brave colonel Jackson.

La troisième année, l'illustre général Jackson.

A la paix, de par l'élection, cette autre marque d'estime, membre du congrès.

Autres devoirs. Impossible encore de venir en Europe.

Aubertin dit à Georges, à Antoinette :

— Il vous faut aller le voir en Amérique, mes enfants. Je puis me passer de vous durant quelques mois. Ne me restera-t-il pas Zoé et son mari, mon second fils.

. . . .

Zoé, nous aurions déjà dû le dire, était devenue vicomtesse de Marville.

Une charmante jeune femme maintenant, Henri, un parfait filateur, mais sans avoir cessé d'être un gentilhomme accompli.

Plus que jamais c'est une maison modèle, cette maison Aubertin. La famille la plus heureuse, sauf le secret que vous connaissez.

. . . .

Georges et sa femme trouvèrent leur père sur la limite du Far-West, dans un de ces immenses établissements, tout à la fois industriels et agricoles, comme il ne s'en rencontre que de l'autre côté de l'Atlantique.

Jackson les reconduisit jusqu'à New-York, où il avait ses comptoirs.

Partout, même considération, même estime, même dévouement, même enthousiasme, Jackson *for ever!*

— Ah! dit Antoinette, comme elle allait se rembarquer, ah! père, tu restes seul!... et nous ne t'aurons jamais avec nous!

— Si fait! de temps en temps. Nous ne sommes qu'à une douzaine de jours les uns des autres. . Et tu le vois, je ne vis plus dans l'isolement. D'ailleurs, te voilà deux fils pour perpétuer là-bas l'honorable nom d'Aubertin; si Dieu t'en donne un troisième, envoie-le-moi, pour que je lui donne ici l'honorable nom de Jackson.

. . . .

Quand tous les détails de ce voyage eurent été rapportés au commandant Aubertin, il grommela dans sa moustache grise :

— Ah ! ça, mais le plus fier et le plus entêté de nous deux, c'est donc lui ?... Faudra-t-il que j'aille le chercher moi-même ?

Cette boutade fit son chemin dans l'esprit du vieux soldat. Il partit un jour sous un prétexte quelconque. Il tomba comme une bombe dans le bureau de sir Jackson.

— Jacques, lui dit-il, quand on a réparé ses fautes ainsi que vous l'avez fait, je conçois qu'on en ressente un orgueil pour le moins égal à celui de la vertu. Mais enfin, voyons ! la loi française n'est pas impitoyable. Il doit y avoir des moyens de réhabilitation...

— Peut-être ! répondit Jacques, mais il reste le préjugé... Pas de pardon complet, pas d'oubli dans l'ancien monde... Il faut me laisser dans le nouveau. Mais nous pouvons maintenant nous donner la main.

FIN.

LE COUSIN SOSTHÈNES

I

— Impossible! se récria le plus jeune des deux convives qui déjeunaient en tête-à-tête dans la vaste salle à manger du château d'Auberive.

— Tu crois? riposta l'autre, le châtelain, un vrai gentilhomme, grand viveur, et qui conservait encore, malgré ses cinquante-cinq ans, toute la souriante verdeur de la jeunesse; tu crois qu'on peut me tromper ainsi qu'un tuteur de comédie? Veux-tu que je te dise ton secret, mon pauvre Sosthènes... veux-tu que je te raconte mon histoire?...

— Ah! quant à ça, mon cousin...

— Appelle-moi donc ton oncle, c'est plus paternel, et c'est ainsi que je t'ai toujours considéré. Pas de remerciements, pas de protestations! Écoute! Il était une fois un certain apprenti bachelier, passionné pour l'étude des sciences naturelles, et sage comme une image. Son unique parent, un ancien mauvais sujet, lui répétait sans cesse : « Mais amuse-toi donc!... jouis de tes vingt ans... ne te gêne pas avec moi... je suis

riche, indulgent, et je t'aime. » Notre futur
savant faisait la sourde oreille, et s'obstinait à
déclarer sa pension plus que suffisante. Un jour
enfin, de lui-même, il demanda deux louis de plus
par mois... pour acheter des livres. L'oncle sourit
dans sa barbe grise, et s'empressa de souscrire à
cette première carotte, espérant bien qu'elle allait
être suivie de plusieurs autres. Ce fut un peu long,
cinq ou six années, je crois... après lesquelles on
daigna accepter un second supplément de budget...
puis, après un autre intervalle, un troisième.
« Bravo ! se disait l'oncle, il va se lancer. . il se
lance ! » Cependant le neveu ne changeait ni de
physionomie ni d'allures. A Paris, on le trouvait
toujours plongé dans ses bouquins, et le seul lieu
de plaisir qu'il parût fréquenter... c'était le Jardin des Plantes. A la campagne, durant les vacances, il ne songeait qu'à collectionner des in-
sectes et des herbes. Toujours sa même figure
studieuse, candide, virginale : une demoiselle.
L'oncle était des plus intrigués, lorsque tout dernièrement, à Paris, un dimanche soir, il rencontra son trop vertueux naturaliste en compagnie
d'une jeune fille... et des plus jolies... circonstance
aggravante !... « Oh! oh ! se dit-il, voyez un peu
comme tout se découvre !... Il n'y a pas pire eau
que l'eau qui dort... Gageons que voici deux
amoureux qui s'en vont au bal, si ce n'est même
souper en partie fine ? »

— Comment ! se récria Sosthènes, qui depuis
quelques instants déjà rougissait jusqu'au blanc
des yeux, comment, monsieur d'Auberive, vous
avez pu soupçonner ?...

— Oui, d'abord. Mais il y avait en cette jeune
fille un tel parfum d'innocence et de pureté; mais
son compagnon la traitait avec de si chastes
égards, avec une si respectueuse tendresse, qu'on
eût dit un jeune père reconduisant sa fille à la
pension. Et réellement ce fut là, ce fut devant la
porte du couvent des Oiseaux qu'ils s'arrêtèrent.

— Ah! vous nous avez suivis, mon oncle?

— J'ai osé plus encore. Sous le stimulant de la
curiosité, j'ai voulu tout savoir, et j'ai tout appris.

— Quoi!... vous savez?...

— Je sais, mon digne Sosthènes, que tu es le
meilleur des hommes! Je sais que, il y a quinze
ans de cela... tu n'en avais pas encore vingt...
une grisette, une pauvre jeune mère, abandonnée
par son amant, habitait la mansarde voisine de
la tienne. Elle était sans ressources, tu vins à son
aide; elle était désolée, tu te fis son ami; elle
tomba malade, tu la soignas comme un frère; elle
mourut, tu adoptas son enfant, sa fille. Mes deux
premiers louis supplémentaires, c'était pour payer
les mois de nourrice. Ah! j'avais bien deviné que
tu me mentais, mais j'étais loin de supposer que
ce fût pour m'associer à une si bonne action. Merci,
Sosthènes!

Et M. d'Auberive lui serra la main.

Sosthènes était trop ému pour répondre encore.

— Plus tard, reprit le gentilhomme, ce fut pour
payer la pension de ta fille adoptive. Plus tard encore, pour la mettre au couvent, pour lui donner des
maîtres de toute espèce, pour en faire une demoiselle
accomplie. Oh! je la connais... j'ai été au couvent...
nous sommes les meilleurs amis du monde.

— Vous !

— Oui, nous. Si j'ai exigé que l'on t'en gardât le secret, c'est que c'était à la veille des vacances, et que je te ménageais une surprise, une récompense. Devines-tu ?... Non... Eh bien ! la supérieure doit envoyer ici ta Marguerite .. notre Marguerite, et peut-être arrivera-t-elle aujourd'hui même. Êtes-vous content de moi, monsieur son parrain ?

Le pauvre garçon s'efforçait de sourire à travers les larmes qui étouffaient sa voix.

— Ah ! put-il s'écrier enfin, le meilleur des hommes ce n'est pas moi... c'est vous... mon oncle !

Et, tout palpitant, il se jeta dans ses bras.

— Assez !... fit M. d'Auberive avec une bonhomie souriante, Sosthènes... nous avons l'air de jouer un drame du Gymnase, où je serais le papa Ferville... et ça vieillit, ces rôles-là ! Allons ! du calme... et sonne pour qu'on nous apporte le café, des cigares. Voici bientôt l'heure de ma promenade avec Fier-à-Bras, un cheval endiablé, qui, depuis quelques jours surtout, me donne chaque matin le plaisir d'une bataille. A la bonne heure ! voilà des émotions comme je les aime.

— Prenez garde ! interrompit vivement Sosthènes, prenez garde à Fier-à-Bras, mon oncle ! Bob, votre groom, vous conseillait de vous en défaire ; c'est un cheval dangereux, et l'autre jour encore il a failli vous tuer !

— Bah ! après moi la fin du monde !

— Monsieur d'Auberive, répliqua Sosthènes, oubliez-vous donc que vous avez un fils ?

Le vieux gentilhomme demeura pensif.

Durant ce temps-là, le domestique qui servait le café sortit.

— Avez-vous des nouvelles de mon cousin Léonce ? questionna doucement Sosthènes.

— Non, répondit le père avec une certaine amertume, et voici de cela plus d'un mois. Il ne te ressemble guère, monsieur mon fils ! Les femmes, les chevaux, les folles aventures, voilà sa vie. Mais c'est ma faute, après tout ; c'est moi qui l'ai élevé ainsi... j'en ai fait un autre moi-même. Il court présentement l'Italie... il ne songe à son père que pour lui demander de l'argent, et je te prie de croire qu'il ne s'en prive pas, celui-là ! Si je venais à mourir... eh bien ?... quoi. . il aurait ma fortune à gaspiller... ça le consolerait bien vite.

— Vous êtes injuste envers Léonce ; il vous respecte, il vous aime... et quant à la question d'héritage...

Sosthènes s'arrêta comme effrayé de ce qu'il allait dire ; mais s'enhardissant tout à coup :

— Mon oncle, reprit-il, m'autorisez-vous, à parler franchement à mon tour ?

— Oh ! oh ! est ce que toi aussi tu aurais découvert un secret ? ..

— Précisément ! le vôtre... et si j'osais me permettre d'en déduire un conseil...

— Pourquoi pas ? je te reconnais comme le plus raisonnable de toute la famille. Mais d'abord qu'as-tu découvert ?... Voyons... parle !. .

— Vous le voulez ?

— Je le veux. Eh bien ?

— Eh bien... Léonce n'est pas votre héritier, Léonce n'est pas votre fils.

— Il n'est pas mon fils ?

— Légalement, non.

— D'où sais-tu cela ?... qui te l'a dit?

— Peu vous importe; j'ai promis de me taire. Mais s'il vous faut des preuves que je sais tout, voici l'histoire. C'était une femme mariée. Le mari était en Amérique, depuis déjà plus d'une année, lors de la naissance de Léonce. Pour sauver l'honneur de la mère, qui mourut peu de temps après, vous avez enlevé l'enfant, vous êtes parti avec lui pour l'Allemagne, et quelques années plus tard, au retour de cet exil volontaire, vous l'avez présenté comme votre fils. On vous a cru sur parole; Léonce lui-même a grandi dans cette erreur. Mais si vous n'avez rien fait pour régulariser sa situation, si vous veniez à mourir sans testament... ce dont je vous suppose fort capable... savez-vous bien que votre seul et unique héritier ce serait moi... oui, moi !...

— C'est, ma foi, vrai ! reconnut naïvement le vieux gentilhomme ; j'avoue que ma conduite a été des plus légères...

— Ah ! c'est fort heureux... Je n'aurais pas osé le dire...

— Mais tu le pensais ?

— Oui.

M. d'Auberive sourit et rallumant son cigare :

— Après tout, reprit-il, ce grand danger n'existait guère avec toi, mon brave Sosthènes. Je connais ta loyauté, ton affection pour Léonce, et, j'en suis convaincu, tu t'empresserais de lui restituer une fortune...

— Qu'il refuserait. Oh ! sous le rapport de la fierté, c'est bien un d'Auberive, c'est bien votre fils... et dans un cas pareil, assurément vous n'accepteriez pas.

— Alors, ni toi non plus... car si je veux bien t'admettre comme un peu moins fier que nous, monsieur le bourgeois, monsieur le savant, je te crois encore plus honnête homme.

— Soit ; mais, à défaut du cousin Sosthènes, il y aurait d'autres collatéraux, des gentilshommes qui ne se feraient aucun scrupule de tout prendre et de tout garder.

— Parbleu ! plus de cent mille livres de rentes...

— Vous voyez donc bien que, ne fût-ce que pour les conserver à Léonce, je me verrais contraint d'y maintenir mon droit... ce qui me serait infiniment désagréable.

— Bah !

— Sans doute. Cette grande fortune, si nécessaire au bonheur de votre fils, elle me rendrait malheureux. Elle m'arracherait à mes chères études, à ma calme médiocrité, à mon modeste paradis de savant. Sans vos millions, Léonce ne saurait vivre : ils tueraient toutes mes joies, tous mes rêves d'avenir. Oh ! mais je n'en veux pas, je n'en veux pas !

— Que prétends-tu donc ?

— Je prétends que vous me mettiez à l'abri de votre succession. Je vous en supplie... par égoïsme !

— Excellent Sosthènes ! oh ! quelle philosophie ! quel cœur !

— Allons, mon oncle, allons !... à l'instant... voici du papier, de l'encre, une plume...

— Pourquoi faire ?

— Eh ! parbleu... votre testament !

— Comment ! à l'improviste, et, pour ainsi dire, le couteau sur la gorge ! Mais laisse-moi au moins le temps de me reconnaître.

— Non... car je sens en moi quelque chose qui me pousse à vous presser ainsi... vous n'y penserez plus demain... c'est comme une inspiration du ciel !

Sosthènes venait de placer devant M. d'Auberive tout ce qu'il fallait pour écrire ; il lui en intimait l'ordre avec une conviction qui, bien que tant soit peu comique, n'en avait pas moins une sorte de caractère étrange, irrésistible.

Dominé par cette volonté généreuse, le vieux gentilhomme prit la plume, réfléchit un instant, fit un geste pour commencer. Mais se ravisant tout à coup :

— Je ne sais pas... je ne veux pas... Il faut que je consulte mon notaire.

— Soit... car je ne suis pas moins ignorant que vous à cet égard. Mais aujourd'hui même !

Le groom entra pour annoncer que les chevaux attendaient au bas du perron.

M. d'Auberive aussitôt se leva, quittant la plume pour la cravache.

— Aujourd'hui même ! insista son neveu ; je ne vous laisse sortir qu'à cette condition.

— Je m'y soumets, puisque tu l'exiges ! répliqua l'oncle en souriant ; oui... nous allons pousser un temps de galop jusqu'à la ville.

Et il sortit.

Déjà le groom était en selle.

A quelques pas de là, deux valets d'écurie contenaient Fier-à-Bras, superbe pur-sang qui, la tête basse et les naseaux enfiévrés, piétinait d'un air sombre.

— Oh ! oh ! fit le châtelain, notre enragé ne me semble pas en humeur de rire.

— Je croirais volontiers qu'il souffre quelque part, dit Bob, car il a refusé ce matin son avoine et nous avons eu toutes les peines du monde à le brider nous trois. Il se cabrait, il ruait, il voulait mordre. Un vrai furieux.

Comme pour donner raison à ce portrait, Fier-à-Bras fit entendre un hennissement, un rugissement.

— Mon oncle, s'écria Sosthènes, prenez un autre cheval !

— Allons donc ! un d'Auberive n'a jamais reculé.

Et, prompt comme un jeune homme, il s'élança sur Fier-à-Bras.

— Au moins, fit le groom, gardez-vous aujourd'hui de l'éperon, monsieur le comte, et ne risquez pas le saut de la barrière !

L'orgueilleux cavalier se contenta de hausser les épaules, et tout en essayant quelques tours au trot dans la spacieuse cour :

— Folies que tout cela ! répliqua-t-il, purs enfantillages, monsieur Bob !... ce cheval se porte aussi bien que moi... il est doux comme un mouton... voyez plutôt... Allons !... au revoir, cousin Sosthènes... et bonne chasse aux coléoptères !

— N'oubliez pas votre promesse, mon oncle !

— Oui, oui, le notaire... j'irai, j'y vais.

Et, partant au galop, le comte d'Auberive s'engagea dans l'avenue des platanes.

Ils étaient vraiment superbes tous les deux, le cavalier comme le cheval... celui-ci fringant et rapide, celui-là calme, et redressant sa haute taille avec une

élégance aristocratique, avec une fierté chevaleresque.

En travers de l'allée centrale s'élevait cette
fameuse barrière que Bob avait conseillé de ne
point franchir.

Un instant, Sosthènes espéra que son oncle
agirait de prudence, et prendrait par l'une des
allées latérales.

Mais le gentilhomme piqua droit à l'obstacle.
et lorsque Fier-à-Bras voulut se détourner avec
un ronflement de colère, il lui fit sentir les éperons,
il l'enleva d'un seul bond par-dessus la barrière.

Elle fut franchie, mais le cheval heurta d'un de
ses sabots la dernière barre, et tomba, précipitant
son cavalier la tête en avant, à quelques pas
de là.

Fier-à-Bras se releva sur-le-champ ; le comte
restait immobile.

Bob avait mis pied à terre ; il s'évertuait à
ranimer son maître.

Sosthènes accourait, tout palpitant d'angoisses.

Lorsque enfin il arriva, lorsqu'il put s'age-
nouiller auprès de lui, le saisir dans ses bras, le
regarder... M. d'Auberive était d'une effrayante
pâleur ; le sang coulait à flots de sa bouche et de
ses narines. Il voulut parler, mais en vain ; il
tenta de se redresser, sa tête retomba lourdement
sur la poitrine de Sosthènes.

— Mon oncle ! s'écria celui-ci d'une voix éperdue, mon pauvre oncle, où êtes-vous blessé ?...
mais répondez-moi donc... parlez-moi !...

— Il ne parlera plus, répondit le groom en
fondant en larmes ; il s'est brisé le cou !

Bob avait l'expérience de pareils accidents ; il disait vrai.

Le comte, cependant, rouvrit les yeux, reconnut Sosthènes, lui serra la main, et, dans un dernier regard, lui jeta cet adieu :

— Mon fils !

Puis il se roidit et retomba... il était mort !

— Mon Dieu ! sanglota Sosthènes, ô mon Dieu, ce que je prévoyais est arrivé !... Comment pourrai-je restituer à Léonce la fortune de son père ?... qui m'inspirera... qui me soutiendra... qui me consolera ?...

— Moi, mon parrain, répondit une douce voix.

Il se retourna vivement ; il aperçut une voiture qui venait de s'arrêter à quelques pas. Une sœur grise en était descendue, puis une jeune fille.

Cette jeune fille, c'était celle qui avait parlé, c'était Marguerite.

II

Quinze jours s'étaient écoulés depuis la mort du comte d'Auberive.

Trop désolé pour avoir conscience de ce qui se passait autour de lui, Sosthènes avait laissé agir Mᵉ Coquelin le notaire, qui se trouvait être un de ses anciens camarades, un ami.

C'était par lui qu'il avait appris la vérité ; ce fut lui qui régla toutes les formalités de la succession.

— Il faut absolument que tu l'acceptes, avait-il déclaré ; il le faut !

Un jour enfin, Mᵉ Coquelin reparut avec un volumineux cahier de papier timbré ; il le déposa solennellement entre les mains de Sosthènes et lui dit :

— Tu es ici chez toi... tout est à toi.

Héritier malgré lui, Sosthènes poussa un profond soupir et s'écria :

— Comment me tirer de là ? que ferai-je, au retour de ce pauvre Léonce ?

Fort heureusement, Léonce se trouvait en Italie, à Venise.

Sosthènes lui avait écrit, mais rien que pour lui annoncer la mort de son père.

La réponse venait d'arriver.

— Tiens, dit Sosthènes en la donnant à Marguerite, tiens... lis... moi, je ne pourrais pas ; je n'ose pas.

La jeune fille rompit le cachet et commença la la lecture de la lettre.

Elle témoignait une douleur profonde et sincère. « Jamais je ne me pardonnerai de n'avoir pas été là pour lui fermer les yeux, écrivait Léonce ; jamais je ne me consolerai de sa perte. Pauvre père ! il était si bon ; il m'aimait tant. Je ne me sens pas le courage de retourner à Auberive. Il se passera longtemps avant que tu m'y revoies, mon cher Sosthènes. »

— Ah ! Dieu soit loué ! respira celui-ci ; c'est du moins un délai. Moi qui tremblais de le voir arriver ; moi qui ne vivais plus que sur des charbons ardents... Mais que dit-il encore ?... Va, Marguerite.

La jeune fille poursuivit :

« Je fais donc appel à ton amitié, cher cousin ; je te demande un service. Charge-toi de régler mes affaires ; administre mes biens ; touche mes revenus ; sois mon intendant ; il va sans dire que je ne te demanderai jamais de comptes, et que je ne t'offres pas d'appointements. Tu prendras tout ce que

tu voudras, tu m'enverras le reste... et, pour commencer, j'ai besoin de vingt-cinq mille francs... »

— Très-bien ! parfait ! interrompit Sosthènes ;
je les lui enverrai dès demain, et j'accepte avec
joie ce qu'il me propose. Son intendant... et jamais
de comptes ; quelle bonne idée il a eu là ! Tout
pourra peut-être s'arranger ainsi. Est-ce tout,
Marguerite ?

— Non, mon parrain : il y a un *post-scriptum*,
dans lequel M. Léonce vous prie d'acquitter ses dettes. Un certain Castagnac, qui lui servait d'homme
d'affaires à Paris, vous en adressera la liste. Elles
doivent se monter à une cinquantaine de mille francs.

— Va pour cinquante mille francs... bravo !
je payerai... Ne suis-je pas son intendant ?... c'est
mon devoir.

Un doux sourire effleura les lèvres de Marguerite ; une larme perla dans ses yeux, et, pour toute
réponse, pour tout éloge, elle embrassa son parrain.

Sosthènes était enchanté, ravi. En gagnant du
temps, il croyait avoir tout gagné.

A l'instant même, il se rendit chez Mᵉ Coquelin, qui voulut, en sa qualité de notaire, se permettre quelques observations, quelques conseils.

Mais Sosthènes l'interrompant dès les premiers
mots :

— Puisque tout m'appartient, j'en suis le maître.

— C'est incontestable ; mais tu sais que j'ai de
l'expérience et que tu dois avoir confiance en moi.

— Quant à ce qui concerne la loi, oui ; mais
quant aux délicatesses du cœur, je suis mon seul
juge. Et d'ailleurs, s'il me plaît de faire des folies,
comme n'eût pas manqué de faire mon cousin...

ça ne change pas la destination du patrimoine d'Auberive... Ça ne sort pas de la famille !

Le notaire se résigna, mais avec une grimace des plus désapprobatives.

Quelques jours plus tard, Castagnac lui-même arriva.

C'était un Bordelais, un boursier, un viveur. N'ayant d'autre fortune que son industrie hasardeuse, il s'était fait le complaisant, le factotum, le parasite des fils de famille. Il excellait à leur trouver de l'argent; il partageait leurs plaisirs ; il singeait leurs allures. Bref, un gentleman *in partibus*, une sorte de lion à la suite.

Son séjour au château d'Auberive se prolongea durant toute une semaine. Il y fit de grands embarras et risqua quelques gracieusetés à l'égard de Marguerite. Sosthènes s'interposa, prenant au sérieux son rôle de père adoptif et parlant comme tel.

— Mais si je vous demandais sa main ? riposta l'effronté Castagnac.

— Vous ?

— Pourquoi pas ? Notre ami Léonce lui donnerait peut-être une dot et, dans ce cas-là, je la trouverait tout à fait charmante.

Sosthènes s'empressa de lui remettre les cinquante mille francs et de le renvoyer à Paris.

Marguerite n'avait eu aucun soupçon de cette conquête. Son parrain lui raconta, en plaisantant, les prétentions de Castagnac et la quasi-demande qui avait failli s'ensuivre.

La jeune fille haussa les épaules avec un dédaigneux sourire.

— Je comprends que celui-là ne te plaise pas,

mignonne... mais s'il s'en présentait un autre?

— Ce serait exactement la même chose, répondit-elle ; je ne me marierai jamais.

— Tiens ! pourquoi donc ça ?

— C'est mon idée.

Et Marguerite changea d'entretien.

Sosthènes commençait à recouvrer, sinon sa joyeuse humeur d'autrefois, du moins sa tranquillité d'esprit.

Il n'avait plus de craintes relativement à Léonce, et Marguerite était toujours là, comme une de ces fées souriantes qui font oublier les tristesses du passé, refleurir toutes les espérances d'avenir. Ils surveillaient ensemble les travaux du vaste jardin ; ensemble ils s'en allaient herboriser dans le parc ou dans les forêts avoisinantes. Jamais frère et sœur ne s'entre-donnèrent de plus heureuses journées ; jamais un jeune père ne fit avec sa fille bien-aimée de plus délicieuses promenades.

Je ne crois pas avoir dit dans quelle province était situé le château d'Auberive. Eh ! mon Dieu, pourquoi le dirais-je !

C'était un charmant pays, éloigné des grandes routes, inconnu des touristes ; une fraîche et pittoresque vallée, avec sa gracieuse rivière et ses clairs ruisseaux, des sentiers ombreux, de verts pâturages, beaucoup de côteaux, beaucoup de bois, et, tout alentour, dans les lointains bleus, un amphithéâtre de hautes montagnes, dont les cimes, parfois couronnées de neige, se confondaient avec le ciel. Est-il besoin d'en savoir davantage ? Est-ce que les perspectives entrevues en rêve ont un nom?

Sosthènes était né dans ce riant paysage ; il y

retrouvait mille souvenirs d'enfance ; il l'aimait davantage encore à chaque nouveau retour. Quant à Marguerite, jusqu'alors elle n'avait connu que les promenades de Paris ou la froide récréation du couvent.

C'était la première fois de sa vie qu'elle respirait le grand air de la campagne et de la liberté, la première fois que son regard embrassait de larges horizons, la première fois qu'elle pouvait se plonger dans des océans de verdure. Aussi, tout la charmait, l'extasiait, l'enthousiasmait. C'était pour elle comme une merveilleuse vision, comme une perpétuelle fête.

Dès l'aube, elle se levait, impatiente de mouvement et d'espace. Rien ne pouvait la rebuter, ni le soleil, ni la pluie, ni les mauvais chemins, ni les longues marches ; elle eût fatigué son parrain. Elle voulut apprendre de lui la botanique, afin de l'aider dans ses travaux et de mieux aimer encore la nature. Je laisse à penser les joies du professeur et celles de l'élève. Ils en arrivèrent à se passionner également pour l'étude, au point d'oublier l'heure et de ne rentrer souvent au château qu'à la clarté des étoiles.

Un soir qu'ils s'en revenaient ainsi, par un abrupte sentier qui côtoyait la forêt, le vieux manoir d'Auberive leur apparut tout à coup, majestueux et sombre, au bord de son étang, dans lequel se reflétait la lune.

— Ah ! s'écria Marguerite, ah ! mon parrain, mon parrain... quel beau domaine vous avez là !

— Je n'en suis que l'intendant... rien que l'intendant, pas autre chose.

— Eh ! qu'importe !... puisque nous l'habitons, puisque nous pouvons en jouir et l'aimer tout à notre aise.

— Oui... j'avoue que je l'aime aussi, mon vieux château d'Auberive... et s'il me fallait maintenant le quitter, ce serait comme un paradis perdu.

En arrivant, on trouva une lettre de Léonce. Il était maintenant à Naples, et demandait vingt-cinq autres mille francs.

— Diable ! se récria Sosthènes, comme il y va !

III

Tout en expédiant à Léonce cette seconde traite, Sosthènes l'escorta de quelques sages avertissements.

Les fermiers ne payaient pas ; l'année serait mauvaise ; il y avait des hypothèques sur le domaine, et, pour le dégrever, ce n'était pas assez d'une bonne administration, il fallait encore de l'économie, beaucoup d'économie, etc., etc.

Léonce répondit, en s'excusant de sa prodigalité par son chagrin. Ne fallait-il pas s'étourdir !

Seulement il paraît que cela coûtait fort cher : six semaines plus tard, il y eut un troisième appel de fonds ; puis, presque aussitôt, un quatrième, motivé par une perte au jeu.

— Ah mais ! ah mais ! fit Sosthènes, s'il continue de ce train-là, mes revenus... ses revenus... nos revenus n'y suffiront pas !

Et tout en s'exécutant bon gré, mal gré, il osa cette fois une verte réprimande.

Dans une réponse des plus spirituelles, et qui prouvait néanmoins un excellent cœur, le cousin prodigue plaisanta fort son vertueux intendant. Il terminait par de grandes protestations d'amitié, par de belles promesses relativement à l'avenir. « Mais plus de morale ! disait-il : mon pauvre père lui-même y avait renoncé, comprenant bien qu'avec un écervelé de mon espèce, autant en emporte le vent ! »

Forcé de recourir à l'emprunt, Sosthènes se rendit chez le notaire.

— Déjà ! fit M⁰ Coquelin. Je pressentais bien qu'il faudrait en arriver là, mais pas aussi vite. Tu n'as pas voulu me croire, mon bon, et tu as eu grand tort. En avouant à ton cousin toute la vérité, tu l'éclairais sur sa situation, tu l'arrêtais peut-être au bord de l'abîme. Il est d'âge encore à prendre un parti énergique. Qui sait même si, dans sa chute, il n'aurait pas trouvé le courage de se relever par ses propres forces, et de se créer par le travail une autre fortune. Je le connais ; son intelligence lui eût permis cette revanche. L'ardeur qu'il dépense au plaisir, il pourrait l'employer utilement, glorieusement. Plus tard, il sera trop tard... et, tout en te dévouant à prolonger son erreur, ses folies, tu ne lui rends qu'un mauvais service.

— C'est possible, reconnut Sosthènes ; mais que veux-tu ?... je n'ose pas le désabuser, l'affliger ; j'ai peur de son désespoir. Laissons s'éteindre en lui cette fougue de jeunesse. C'est son patrimoine, après tout. Nous verrons, nous verrons.

— Mais ce patrimoine, s'il le dévore tout entier, il ne sera pas plus riche alors, et toi tu seras redevenu pauvre.

— Bah ! bah ! pour sauver le capital, il s'agit d'augmenter les revenus, et j'y songe.

— Comment cela ?

— En économisant de mon côté, d'abord.

— En te privant !

— Non. Mes goûts sont des plus simples, et j'aime à vivre ainsi ; et puis j'ai des idées d'amélioration, d'agriculture. Le domaine me semble susceptible d'un rendement beaucoup plus considérable. Veux-tu que je t'expose mes plans ?

— Voyons.

Le notaire écouta Sosthènes, et, sous ce rapport du moins, fut obligé de reconnaître qu'il avait raison.

Tout en herborisant sur les terres d'Auberive, le jeune naturaliste les avait étudiées au point de vue de la science moderne. C'était un esprit éminemment pratique, et par ses justes calculs, il en triplait au moins la valeur.

— A l'œuvre donc ! conclut Me Coquelin, et courage ! Si monsieur ton cousin ne met pas trop de bâtons dans les roues de ta charrue, tu deviendras l'un des plus riches propriétaires du département.

— Pas moi... mais Léonce.

Et Sosthènes, encouragé par le notaire, fit venir en toute hâte un de leurs amis communs, un agronome belge des plus distingués.

Il se nommait Michel Stevens ; et, bien que jeune encore, il était passé maître dans ce grand art de l'agriculture, qui tend à redevenir le premier de tous.

Ame tendre, d'ailleurs, esprit studieux et modeste, nature généreuse et calme comme celle de

Sosthènes, et qui plut de suite à Marguerite.

Désormais, il eut donc trois amis au château d'Auberive, et les travaux projetés commencèrent : défrichements, desséchements, irrigations. Plus de cent hectares jusqu'alors en friche, furent livrés à la ... hure. On créa des prairies artificielles, une nouvelle métairie. Les anciennes fermes se ressentirent également de cette intelligente impulsion. Le domaine tout entier fut métamorphosé, transfiguré, mais sans rien perdre de sa physionomie pittoresque. Michel Stevens était un de ces inventeurs qui sont en même temps des artistes, et qui savent respecter l'œuvre de Dieu.

Tout le restant de l'hiver, tout le printemps suivant s'écoulèrent avec une merveilleuse rapidité, grâce à une existence active et féconde. Souvent Marguerite accompagnait les deux jeunes gens dans leurs courses à travers la campagne. Toujours ils la retrouvaient, le soir, attentive et souriante entre eux, comme une jeune sœur entre ses deux frères.

Déjà les épis commençaient à jaunir, lorsque Stevens, jusqu'alors si enjoué, sembla tout à coup devenir triste.

— Qu'as-tu donc ? lui demanda Sosthènes.

Michel était la franchise même ; il répondit :

— J'aime Marguerite !

— Bah ?

— Oui... je l'aime... et si je ne puis avoir l'espérance d'être aimé d'elle, il faut que je parte, vois-tu bien... car en restant ici, je deviendrais trop malheureux !

Tandis que cet aveu s'échappait des lèvres de Stevens, l'émotion étouffait sa voix ; il finit par se jeter

en pleurant dans les bras de son ami. Rien de tel
que ces savants, lorsque l'amour leur vient au cœur.

— Calme-toi ! répondit Sosthènes ; voyons,
voyons... il n'y a rien d'impossible à ce mariage,
et, pour ma part, j'y donne mon consentement...
moi, le père ! Je parlerai dès ce soir à ma fille.

Michel s'éloigna, impatient et joyeux.

Resté seul, encore tout étonné de ce qu'il venait
d'apprendre, Sosthènes se dit naïvement :

— Lui aussi !... comme le Castagnac... ah çà !
mais, elle est donc bien jolie, Marguerite ? Il faudra que je la regarde.

IV

Réellement Sosthènes n'avait jamais regardé
Marguerite. Pour lui, c'était toujours l'enfant
qu'il avait recueillie dans la mansarde du quar-
tier Latin, la petite pensionnaire qu'il promenait
le dimanche, il n'y avait pas bien longtemps de
cela. Ce qu'il aimait en elle, et le plus paternel-
lement du monde, c'était sa pétulance, ses câlineries, son rare bon sens, sa gaîté, sa bonté, son
aptitude à la science. Oh ! sous le rapport intel-
lectuel et moral, il la connaissait bien ; mais il ne
s'était pas encore aperçu qu'elle avait de grands
yeux noirs, brillants et veloutés comme ceux d'une
créole ; une admirable et soyeuse chevelure d'un
brun fauve, avec des ondulations et des reflets sans
pareils ; un front de madone italienne ; des traits
un peu irréguliers peut-être, mais pleins de finesse

et d'originalité ; une éclatante fraîcheur, un sourire divin.

Rien de mignon comme sa main blanche, aux ongles roses, et son tout petit pied, sans cesse avide de mouvement, sans cesse infatigable. Dans ses moindres allures, il y avait de la sveltesse et de la grâce ; dans son regard, une sérénité angélique, et parfois encore la vive espièglerie de l'enfance. Elle n'avait que seize ans, elle apparaissait au seuil de la jeunesse, charmante et pure comme une aube du printemps à la première heure d'un beau jour.

— Ils ont, ma foi, raison ! pensa Sosthènes, j'ai là une filleule vraiment adorable !

Et il parla pour son ami Stevens.

— Ah ! répondit tristement Marguerite, comme c'est dommage ! un si digne garçon !

— Tant mieux, au contraire... il faut le prendre pour mari.

— Vous savez bien que je ne veux pas me marier.

— Maintenant, soit... tu es si jeune encore ; mais plus tard ?

— Jamais.

La jeune fille rougit légèrement et se tut.

— Réponds-moi donc ! fit Sosthènes ; est-ce que j'ai démérité de ta confiance ? Est-ce que tu ne m'aimes plus ?

— Oh ! si fait... je vous aime bien, mon parrain.

— Alors... voyons... parle...

Évidemment la fillette était embarrassée. Elle cherchait un prétexte, et pour un observateur tout autre que celui qui l'interrogeait, elle allait mentir.

Notre savant insista.

— Eh bien donc, pourquoi veux-tu rester fille?

— Parceque...jemesouviens d'Henriette d'Alby.

— Ta camarade du couvent?

— Oui... une grande, tandis que j'étais encore dans les petites. Elle m'avait prise sous sa protection spéciale, je l'appelais ma petite mère, et tard, après sa sortie du couvent, après son mariage, vous m'avez permis plusieurs fois d'aller chez elle les jours de congé.

— Je me la rappelle parfaitement. Après?

— Elle avait épousé un homme dont elle se croyait aimée, qu'elle aimait, et je l'ai vue si malheureuse... si malheureuse... que je me suis bien juré de ne jamais encourir un risque pareil!

— Ce n'est que cela!... enfantillage, Marguerite, pur enfantillage... et, d'ailleurs, je te réponds de Stevens, je me porte garant pour lui. Voyons, veux-tu que je lui donne au moins une espérance?...

— Non! déclara nettement la jeune fille, non... car ce ne serait pas loyal, et je suis résolue à ne jamais manquer à mon serment. Dites bien à M. Stevens que je suis bien désolée moi-même de ce refus, bien chagrine aussi de le rendre chagrin... mais il faut qu'il sache tout de suite à quoi s'en tenir... il le faut!

Sosthènes eut beau raisonner, supplier, proposer toute espèce d'atermoiements, Marguerite resta inflexible; et finalement, comme irritée par cette lutte, elle s'éloigna en pleurant.

Force fut au parrain d'aller retrouver son ami, de lui tout dire.

— Adieu! répliqua douloureusement Stevens, je ne te suis plus utile ici... j'ai besoin d'oublier,... Adieu!

Le soir même, sans avoir revu Marguerite, il partit.

Cet incident, ce départ jetèrent quelque froid dans le château. Sosthènes en voulait à sa filleule, Marguerite semblait bouder son parrain.

Mais, comme ils s'aimaient trop pour se garder longtemps rancune, un pardon mutuel cimenta bientôt une réconciliation complète. Ils reprirent leur douce vie d'autrefois, leur paternel tête-à-tête, au milieu des splendeurs de la nature en pleine floraison, en plein été.

Sosthènes, cependant, s'était dit :

— Il y a quelque chose d'étrange chez Marguerite... il faut que je l'examine attentivement, comme une plante curieuse, à la loupe.

Mais Léonce, par de nouvelles folies, lui mit un tout autre martel en tête.

V

Il avait quitté l'Italie, ce terrible Léonce ; il était maintenant à Bade, et sans doute il y menait grande figure, car ses lettres devenaient plus fréquentes encore, et demandaient toujours de l'argent.

A Bade, d'ailleurs, n'y a-t-il pas la roulette et le trente-et-quarante !

Un jour enfin, jour de perte, Léonce eut besoin d'une somme considérable.

Il écrivait à Sosthènes :

« Pas de remontrances, pas de retard. Mon honneur est engagé, il me faut cet argent, il me le faut... dusses-tu mettre en vente mon château d'Auberive. »

— Vendre le château !... s'écrièrent en même temps Sosthènes et Marguerite.

Et ils se regardaient, consternés, désolés, indignés tous les deux.

Puis, après un silence :

— C'est par trop fort ! éclata le véritable propriétaire, je me révolte à la fin ; je refuse !

— Mais, observa la filleule, s'il y va de son honneur... l'honneur d'un gentilhomme, c'est sa vie !

— Oui, reconnut Sosthènes, s'il ne pouvait payer, il se tuerait.

— Mon parrain, mon parrain ! supplia Marguerite épouvantée, vous ne devez pas, vous ne pouvez pas le laisser mourir !

— Assurément... je ne veux même pas souffrir qu'il y ait une tache sur le nom d'Auberive. Coquelin me trouvera cette somme ; je payerai... mais je dirai tout à Léonce.

— C'est cela ! fit la jeune fille ; sauvons le château... Si ce n'est pour vous, que ce soit pour lui-même !

Sosthènes semblait fermement résolu.

— Cet aveu le rendra peut-être plus sage, dit-il, et c'est le seul moyen de nous épargner une ruine complète. Je vais lui écrire.

Il prit place à son bureau, il s'arma d'une plume, et, tout d'un trait, il traça ces trois mots :

« Mon cher cousin. »

Mais ce fut tout. Il s'arrêta, ne pouvant pas, n'osant pas en écrire davantage.

— Courage ! lui disait vainement Marguerite, appuyée sur son fauteuil.

D'une main tremblante, il griffonna, ratura,

déchira successivement plusieurs brouillons, tous
plus impossibles les uns que les autres.

— Impossible ! déclara-t-il enfin, j'en suis in-
capable. Il faudrait une habileté, une délicatesse,
des façons... bref, l'esprit et la plume d'une femme.

— Voulez-vous que je dicte ? proposa hardi-
ment Marguerite.

— Toi !

— Oui... je ne connais pas M. Léonce, mais
vous m'avez appris à l'aimer comme un frère, et
je suis convaincue que c'est pour son bien. D'ailleurs, je penserai à celui qui n'est plus, à son
père, à M. d'Auberive, et cette chère ombre, qui
semble planer encore ici, m'inspirera !

— Va donc, va ! consentit Sosthènes.

La jeune fille joignit les mains et leva les yeux
au ciel, comme pour une muette prière. Puis,
avec une telle rapidité que son parrain avait peine
à la suivre, elle improvisa une lettre si lucide, si
affectueuse, si délicate, si véritablement chrétienne,
que chacun des mots qui la composaient devait en
même temps guérir la blessure qu'il allait faire.
C'était M. d'Auberive lui-même qui semblait parler
à son fils et, tout en pardonnant le passé, tout en
sauvegardant le présent, enseigner le devoir à
venir.

— Parfait ! admirable ! s'écria Sosthènes, mais
sais-tu bien, Marguerite, que tu as énormément
d'esprit !

— Ce n'est point avec l'esprit qu'on écrit ces
lettres-là, mon parrain, c'est avec le cœur.

Et jamais encore elle n'avait été plus modestement charmante.

Sosthènes s'empressa de signer, prit une enveloppe, y mit l'adresse.

— Ainsi, reprit-elle, vous n'avez plus peur de
cette révélation ? Vous êtes content...

— Ravi, enchanté ! interrompit-il ; aussi, tu
le vois, je cachette ta lettre avec confiance, et
nous allons l'envoyer immédiatement à la poste.

Déjà Marguerite avançait la main vers la sonnette.

Tout à coup, le bruit d'une chaise de poste, arrivant au galop, s'éleva du pavé retentissant de la cour.

Les fenêtres du salon où venait de se passer
cette scène donnaient sur le jardin.

Ne pouvant se rendre compte encore de ce fracas inopiné, Sosthènes et sa filleule eurent un premier mouvement de stupéfaction, presque d'effroi.

Puis celui-ci oubliant la lettre sur le buvard,
s'élança vers la porte.

Mais cette porte aussitôt s'ouvrit, et Castagnac,
tout poudreux, parut sur le seuil.

VI

Castagnac, étonné lui-même de l'effet qu'il pro-
duisait, tout d'abord éclata de rire.

Puis se laissant tomber sur un siége :

— Ah ! je comprends, dit-il, vous étiez encore
sous l'impression de la terrifiante nouvelle. Rassurez-vous, tout est réparé... Victoire ! Au moment même où la lettre de Léonce venait de partir, je lui apportais une dernière mise de fonds,
celle de l'amitié. Il a couru vers le Kursaal, il

s'est remis au jeu, il a fait sauter la banque. Mais aussi quel acharnement! quelle audace! quelle chance!... C'est superbe!

— Ah! tant mieux! fit Sosthènes; mais il aura recommencé le lendemain.

— Non... car immédiatement nous avons quitté Bade. Hein? j'espère que voilà de la sagesse! Il est vrai que cette sagesse-là, je puis vous le dire à vous, c'était un peu de l'amour... une jeune veuve adorable, et qui venait de repartir pour son château, à quelques lieues d'ici. Aussi, fouette, postillon : en route pour Auberive! Mais afin d'éblouir la susdite veuve, et comme nous nous trouvions en argent, acquisition d'un magnifique équipage de chasse, d'une meute princière. Vous verrez, je ne vous dis que ça, vous verrez!

— Mais à quoi bon toute cette dépense?

— Eh! parbleu!... pour traiter seigneuriale-ment tous nos joyeux compagnons de là-bas. Ils arrivent avec Léonce, et toute la vénerie égale-ment. Un train spécial, un vrai train de plaisir! Puis, en quittant le chemin de fer, tous les che-vaux de poste du pays en réquisition... et sitôt arrivés sur nos terres, en chasse... excepté moi, qui suis accouru directement pour vous avertir et commander le festin. Mais c'est à peine si je les précède... écoutez plutôt... écoutez!

Un grand bruit de cors et d'aboiements venait de retentir tout à coup du côté de la forêt, pres-que sur la lisière du parc.

C'était déjà si près du château, que Sosthènes, croyant voir apparaître Léonce en personne, s'em-pressa de cacher la lettre dans le buvard.

Et il rejoignit Marguerite et Castagnac, qui tous les deux regardaient à la fenêtre.

La chasse se rapprochait avec une telle rapidité, que, presque au même instant, un pauvre chevreuil effaré parut dans le jardin, y fit même une légère pointe. Mais à l'aspect du manoir et de ses habitants, il bondit en arrière et de nouveau précipita sa folle course à travers le parc.

A peine était-il redevenu invisible, que les chiens se montrèrent à leur tour, puis les chasseurs, et ce fut comme une folle trombe qui passa sur la piste, en saccageant au passage les massifs et les plates-bandes.

— Oh ! mes pauvres fleurs ! soupira Marguerite.

De même que le chevreuil, la meute et les cavaliers se perdirent immédiatement sous bois.

Un seul chasseur s'était arrêté, regardant le château.

Il reconnut probablement ceux qui se trouvaient à la fenêtre, piqua droit au balcon, saisit à deux mains la balustrade, mit les pieds sur la selle et, par un bond des plus agiles, sauta dans la chambre.

Là, prompt comme la pensée, il embrassa Sosthènes, frappa sur l'épaule de Castagnac, et se retournant vers Marguerite, pour la saluer avec une grâce tout aristocratique :

— Ah ! dit-il, c'est sans doute la filleule... notre filleule... mademoiselle Marguerite... Charmante, en vérité... charmante !

Cet alerte écuyer, ce galant gentleman, c'était Léonce d'Auberive.

VII

Il avait vingt-cinq ans à peine, et ressemblait d'une manière frappante à son père. C'était ce même type du vrai gentilhomme d'autrefois, élégant et fier, insoucieux et railleur, mais dans tout l'épanouissement, dans tout le charme de la jeunesse. Sa brune et soyeuse chevelure bouclait naturellement autour de son pâle visage, au grand front intelligent, au profil aventureux, au spirituel sourire, à la fine moustache crânement retroussée. Le regard était vif et plein de feu ; la physionomie courtoise, ouverte et loyale. Peu de femmes eussent pu boutonner sa jaquette de chasse, chausser sa botte molle et mettre ses gants de peau de daim. Il y avait surtout en lui quelque chose de chevaleresque et de généreux qui devait, à première vue, lui concilier toutes les sympathies, et quand on le connaissait, même parmi les juges les plus sévères, lui faire pardonner bien des torts.

— Oh ! comme il a l'air bon ! s'était déjà dit Marguerite.

Quant à Sosthènes, il cherchait, mais vainement, à conserver un air grondeur.

— Voyons ! fit Léonce tout en époussetant de la cravache sa jambe nerveuse qui, sous le tricot blanc, rappelait celle du Bacchus indien. Voyons, cousin, ne me boude pas, oublie mes fredaines et tuons gaiement le veau gras pour le retour de l'enfant prodigue. Je te promets d'être plus sage à l'avenir, parole d'honneur ! demande plutôt à

Castagnac... Je veux me ranger, me marier... ah !

— Et avec qui ?... bonté divine ! répliqua Sosthènes.

— Avec une femme accomplie et qui semble faite tout exprès pour réaliser le miracle de ma conversion. Faut-il te la nommer. . hein? C'est la belle madame d'Alby.

— Henriette! s'écria Marguerite.

— La connaissez-vous donc, mademoiselle ? demanda Léonce.

— Si je la connais ! mais c'était mon amie, ma protectrice... Oh ! que je serais heureuse de la revoir !

— Rien de plus facile... elle est, depuis huit jours, votre voisine... et, par ma foi ! il me vient une idée.

— Quelle idée ?

— Attendez que je réfléchisse un peu... ce qui m'arrive rarement. Mais d'abord, dites-moi bien, je vous en prie, à quel point vous en êtes avec elle.

Marguerite raconta ses relations de pensionnaire avec Henriette, ses quelques séjours chez madame d'Alby, combien elle s'en croyait aimée, combien elle l'aimait.

Dans cette confidence expansive, elle mit tout le charme de son esprit, toutes les délicatesses de son cœur.

— Mais, demanda-t-elle enfin, Henriette est donc veuve ?

— Heureusement, répliqua Léonce, puisque je puis prétendre à sa main. Je comptais la lui demander dès ce soir même... et tenez, plus j'y pense, plus je trouve mon idée excellente. Ah ! si vous vouliez...

— Dites !

— Me servir d'interprète auprès d'elle...

— Moi !...

— Pourquoi pas ?... je n'en saurais avoir un plus charmant, un meilleur, pour une pareille demande. Je dirai plus, vous me porteriez bonheur, Marguerite, et, protégé par vous, mon amour ne craindrait pas un refus... Mais dis-lui donc, Sosthènes, qu'il faut qu'elle parte à l'instant pour aller trouver Henriette.

Sosthènes allait refuser, prétendant que c'était une folie.

Mais Léonce insista, tandis que Marguerite, se penchant vers son parrain, lui disait tout bas :

— C'est par moi seul qu'Henriette peut apprendre la vérité.. toute la vérité.

On entendit dans le lointain la fanfare de l'hallali. Les chasseurs allaient revenir au château ; n'était-il pas à souhaiter que Marguerite ne se trouvât plus là ?

Ce dernier argument triompha des scrupules de Sosthènes, et Marguerite se disposa à partir pour le château de madame d'Alby.

— Vous me direz franchement ce qu'elle vous aura répondu ? fit Léonce.

— Très-franchement, monsieur, je vous le promets, répondit Marguerite.

Et, comme les fanfares se rapprochaient, elle disparut. Léonce se retourna vers Sosthènes :

— Monsieur mon intendant, lui dit-il, je n'ai pas besoin de vous recommander mes amis.. ils doivent trouver céans une hospitalité digne du comte d'Auberive. Allons, cousin, allons donc !... ne fais pas ainsi la grimace... ce sont peut-être les funé-

railles de ma vie de garçon... il faut les fêter joyeusement, splendidement, à la manière écossaise !

Puis s'adressant à son factotum :

— Quant à toi, Castagnac, je te charge de l'ordonnance du festin : fais dresser le couvert.

— C'est ma spécialité !... répliqua le parasite,
et tu seras content de ton écuyer tranchant. Je
connais le nombre des convives...

— A propos, interrompit le châtelain, n'oublie
pas de faire mettre un couvert de plus...

— Pour quel invité ?

— Pour M⁰ Coquelin, mon notaire.

Sosthènes, déjà sur le seuil, bondit soudainement à ce nom.

— Et comment, pourquoi donc avoir invité
Coquelin ? ·

— Pour l'avoir sous la main, et pour connaître
exactement ma situation de fortune avant de causer mariage. Je lui ai dépêché une estafette au
dernier relai... il viendra.

— Aïe, aïe, aïe ! pensa Sosthènes, voilà qui se
complique !

VIII

Le repas fut des plus joyeux, grâce surtout à
l'irrésistible entrain de Léonce. Il en fit les honneurs d'une façon vraiment royale.

Sosthènes lui-même ne put se défendre de l'ad-
mirer. Quand vint le dessert, il se disait :

— C'est un autre Lucullus ! il semble créé
tout exprès pour jeter l'argent par les fenêtres, et

s'il m'était possible de multiplier éternellement ses revenus, je le ferais avec plaisir, rien que pour les lui voir gaspiller ainsi.

Disons-le cependant, notre sobre naturaliste avait été contraint de vider son verre beaucoup plus souvent que de coutume, et, dans cette opinion hasardeuse, il y avait quelque peu de champagne.

Surexcité par l'amphytrion, Me Coquelin se permettait aussi des libations inusitées, mais sans rien perdre de sa gravité de notaire.

On venait de passer sur la terrasse pour prendre le café, lorsqu'un bruit de voiture annonça le retour de Marguerite.

Son parrain s'empressa d'aller la rejoindre dans le petit salon, par la fenêtre duquel était entré si cavalièrement Léonce.

A peine avaient-ils échangé quelques paroles, que Léonce lui-même se montra sur le seuil.

— Part à trois ! dit-il en riant de leur mystérieux embarras ; il me semble que ceci me regarde, et vous devez comprendre mon impatience. Allons, mademoiselle, allons... souvenez-vous de votre promesse... franchise complète... Et d'abord, comment avez-vous retrouvé madame d'Alby ?

— Plus charmante que jamais, répondit Marguerite, et me témoignant davantage encore d'amitié.

— Fort bien ; ceci n'a rien qui doive surprendre. Mais de moi, de ma proposition, que vous a-t-elle dit ? qu'en pense-t-elle ?

La jeune fille hésitait.

— Parlez... mais parlez donc, je vous en supplie ! insista-t-il.

— Dame ! monsieur le comte... bien qu'Henriette ne soit qu'une veuve de dix-neuf ans, bien que la fleur de la jeunesse brille encore en elle, sa raison s'est développée hâtivement par l'expérience de la vie...

— Oh ! oh ! voici un début qui me semble de fâcheux augure. Elle refuse, elle ne m'aime pas ?

— Je ne dis point cela, je croirais même... et nous autres femmes nous avons un instinct pour deviner ces choses-là... je croirais même que vous êtes loin de lui déplaire. Mais...

— Achevez !

— Mais elle a été malheureuse, très-malheureuse, avec un premier mari qui avait précisément les mêmes qualités que vous, moins brillantes peut-être, mais aussi peu compatibles avec le mariage. Ce sont les propres paroles d'Henriette. Elle a ajouté : « Que M. le comte d'Auberive renonce à sa vie d'oisiveté et de plaisir... qu'il devienne un homme sérieux, un homme utile ..qu'il me donne cette preuve d'amour, et nous verrons alors... j'attendrai. »

— Est-ce tout ? questionna Léonce en fronçant le sourcil.

— C'est tout, répondit Marguerite.

Sosthènes lui fit un signe qu'elle seule pouvait comprendre, et lui demanda à son tour :

— Mais quant à la fortune ?

— Henriette m'a interrompue dès les premiers mots ; elle ne veut rien savoir à cet égard, elle est assez riche pour deux.

— A merveille ! s'écria Sosthènes. Eh bien ! cousin, il me semble que ce n'est point une si mauvaise réponse.

— Tu trouves, toi ! répliqua Léonce avec ironie ; oh ! cela ne m'étonne nullement, car ton opinion se trouve d'accord avec celle de madame
d'Alby. De la morale encore, toujours de la morale !

Et, tourmentant sa moustache, il se prit à marcher à grands pas.

Sosthènes accepta franchement la discussion sur
ce terrain ; il voulut faire entendre à son tour le
langage de la raison.

— Ah ! c'est assez ! interrompit Léonce avec
un commencement de colère ; un seul homme avait
le droit de me morigéner ainsi... mon pauvre
père... et celui-là, du moins, il m'aimait ! Mais
un petit cousin, une femme altière... non, cent
fois non, je ne céderai pas... Elle prétend m'im-
poser des conditions, des épreuves, comme jadis
aux chevaliers errants ! Ce n'est plus de notre
époque, et la patience est une des vertus qui me
manquent. J'oublierai donc madame d'Alby, si
c'est possible, car je l'aimais réellement ! oh ! oui,
réellement... et c'est juste 't pour cela que je
n'aurais pas le courage d'attendre. Soit ! n'en
parlons plus. J'étais fou... me ranger, moi ! me
marier... allons donc ! Je reprends avec joie ma
libre vie, ma folle jeunesse, et pour commencer,
pour prouver à madame d'Alby le peu de cas que
je fais de ses sages conseils, je veux mener ici un
train d'enfer. Après quoi, je repartirai pour de
nouvelles courses à travers le monde. De la dis-
traction, morbleu ! du plaisir !.. le plaisir est
comme l'ivresse, il fait tout oublier. Ah ! ce sera
dur, ce sera long... car cet amour m'était entré
bien profondément dans le cœur !

Deux larmes, vainement contenues, roulèrent sur les joues de Léonce, et pour les essuyer, pour cacher son trouble, il alla s'asseoir devant le bureau, la tête plongée dans ses deux mains.

Même dans cette injuste boutade d'enfant gâté, il y avait tant de douleur sincère, tant de séduisante passion, que Marguerite et son parrain ne purent se défendre de le plaindre et de se sentir émus.

Encouragé par un regard de la jeune fille, Sosthènes se rapprocha de Léonce et voulut tenter un dernier effort.

Mais celui-ci relevant la tête :

— Ce ne sont ni des consolations ni des conseils que je te demande! s'écria-t-il. C'est de l'argent qu'il va me falloir, beaucoup d'argent !

— Encore ! mais il ne m'en reste plus, c'est impossible...

— Impossible !

— Songe donc à ce que tu as dépensé depuis un an! laisse du moins parler les chiffres! Écoute-moi... je t'en conjure .. je le veux... c'est mon devoir, après tout, de te rendre mes comptes !

— Va... puisque tu y tiens... va donc !

Et Léonce, dans une irritation croissante, jouait fiévreusement avec le buvard. Il en faisait sauter la couverture, il allait peut-être découvrir la lettre qui s'y trouvait cachée.

Je laisse à penser sur quelles épines étaient Marguerite et Sosthènes.

Celui-ci, néanmoins, commença l'énumération des diverses sommes, espérant que le dissipateur allait être épouvanté par le total.

Mais il n'en obtint que cette insoucieuse et fière réponse :

— Eh bien ! après ? est-ce que je ne suis pas le maître de me ruiner, si c'est mon bon plaisir ? est-ce que tu as le droit de me contraindre à faire des économies malgré moi ?... Mais quel drôle d'intendant tu fais !... Tiens... tu ne me donnes même pas mes lettres !

Il venait d'apercevoir celle qui contenait la révélation de la vérité, il avait lu son nom sur l'enveloppe, il allait en briser le cachet.

Sosthènes se précipita sur la lettre, et la lui arrachant des mains :

— Non ! dit-il d'une voix terrifiée, haletante ; non... je ne veux pas...

— Ah ! mais moi je veux... c'est par trop fort ! s'écria Léonce avec un pas pour reprendre la lettre.

Marguerite s'en saisit vivement et la cacha dans son sein.

Puis, toute rougissante et d'une voix doucement résolue :

— Vous ne devez pas lire cela maintenant, monsieur le comte.

Avec cette exquise politesse qui ne l'abandonnait jamais, même dans la colère, il s'inclina devant la jeune fille.

— Soit, mademoiselle... je dois respecter, je respecte votre défense ! Mais puisque tout le monde ici se met contre moi, puisque monsieur mon cousin semble vouloir me cacher un secret et me refuser de l'argent, je vais m'adresser directement à mon notaire.

Il se dirigea vers la porte.

Mais Sosthènes lui barrant le chemin :

— Tu n'iras pas !... je t'en prie... je t'en supplie... au nom de notre amitié... au nom de ton père !

Léonce était d'une force peu commune ; il prit son cousin par la taille, l'enleva de terre ainsi qu'il eût fait d'un enfant, et le reposant de côté poursuivit son chemin.

— Monsieur ! s'écria Marguerite, monsieur le comte, il vaut mieux que ce soit par cette lettre que vous appreniez tout... lisez-la !

Et, courant à sa rencontre, elle la lui présentait.

De plus en plus étonné, Léonce déchira l'enveloppe.

Marguerite et Sosthènes, anxieux et béants, gardaient un profond silence.

Léonce parcourut la lettre, qui bientôt trembla dans sa main. Puis, comme ne comprenant pas encore, il lut une seconde fois, jusqu'au moment où, pâle, éperdu, il s'écria :

— Mon père ! oh ! c'est affreux... rien de ce qui était à lui ne m'appartiendrait... ni son héritage, ni même son nom !... Mais est-ce que je ne rêve pas, est-ce vrai ?...

— C'est vrai, répondit Me Coquelin, qui déjà depuis quelques secondes était entré.

Léonce, atterré, chancela vers un fauteuil, et, comme frappé d'un coup mortel, il y tomba.

IX

Sosthènes et Marguerite s'étaient précipités vers Léonce ; ils lui prodiguaient toutes sortes de soins, de consolations, d'encouragements, d'affectueuses paroles.

Mᵉ Coquelin lui-même figurait dans ce groupe et ne semblait pas moins anxieux, pas moins ému... Une cravate blanche ! un notaire !

Léonce enfin releva les yeux, regarda lentement autour de lui, passa sa main sur son front, comme au sortir d'un songe.

Puis, comme se souvenant, comme prenant une résolution soudaine, il se redressa, calme, rasséréné, presque souriant, et fit retentir une sonnette qui se trouvait à sa portée, sur la table voisine.

Un domestique parut presque aussitôt.

— Faites seller mon cheval, commanda-t-il, et qu'on me l'amène là, dans le jardin, sans prévenir personne de mon départ.

— Comment ! tu veux nous quitter ? se récria Sosthènes.

Léonce lui prit les deux mains, l'attira sur sa poitrine, et l'embrassant avec une effusion touchante :

— Noble cœur, dit-il, merci pour ton dévouement, pour ton généreux mensonge. Je ne l'oublierai jamais, et fasse le ciel que je puisse m'acquitter un jour. Mais, permets-moi ce reproche, peut-être eût-il mieux valu m'apprendre la vérité, toute la vérité, dès le lendemain de la mort de mon père. Tu as eu tort de douter de mon courage ; tu as oublié que je suis un d'Auberive, si ce n'est par le nom, du moins par le sang, et qu'un d'Auberive n'accepte que ce qu'il peut rendre. Abstiens-toi donc de m'offrir quelque nouveau sacrifice, tu m'offenserais. Quant au passé, je me reconnais ton débiteur de toutes les sommes que j'ai reçues depuis un an, et ma vie tout entière sera consacrée au paiement de cette dette, au rachat de mon honneur. Ce n'est donc pas un adieu que je te fais... Au revoir, mon ami, mon frère... au revoir !

— Mais où vas-tu donc ainsi ?... Que prétends-tu faire ?

— Je ne sais pas encore... je réfléchirai, je verrai... Mais, par la sainte mémoire de mon père, ma réhabilitation sera digne de lui ! Ne me retiens donc pas, sois sans inquiétude sur mon compte. Je ne me tuerai pas ; je n'ai plus le droit de mourir ni même le temps de me désespérer. Il faut que je travaille, que je lutte, que j'arrive à reconquérir une autre fortune. Oui... déjà je me sens un tout autre homme, et, retrempé par ce juste abaissement, je me relève avec la force, avec l'impatience de recommencer, dès ce soir, une nouvelle vie. A bientôt, Sosthènes !... Je te charge de congédier mes amis et de leur tout apprendre ; rends-moi ce dernier service. Quant à vous, Marguerite, faites en sorte qu'il soit heureux ; c'est le plus noble cœur qui soit sous le ciel !

Tous les deux, ils le supplièrent d'attendre jusqu'au lendemain ; ils se mirent en travers de la porte.

Léonce s'élança vers le balcon et disparut comme il était arrivé... par la fenêtre.

Son cheval était là, dans le jardin ; il bondit en selle et partit au galop.

Marguerite et Sosthènes se regardèrent, et, consternés, désolés, ils dirent d'une même voix :

— Pauvre Léonce !

— Gardez-vous bien de le plaindre ! se récria M⁰ Coquelin ; c'est un grand bonheur pour lui que ce malheur-là. Héritier légal, il eût sottement gaspillé son intelligence en même temps que son bien. Grâce à la misère, cette mâle inspiratrice des grandes choses, le voilà lancé dans la bonne voie, et, par la morbleu ! je gagerais qu'il va prendre une éclatante revanche. Oh ! oh ! je ne me trompais pas, je l'avais bien jugé. C'est sa bonne étoile qui lui a repris sa fortune et son nom pour en faire un vrai d'Auberive !

Ni Sosthènes ni Marguerite n'avaient rien entendu de ce beau discours.

— Il faut le rejoindre sans retard, avait dit Sosthènes, c'est à Paris qu'il doit aller... C'est là que nous le retrouverons, sans doute.

— A Paris donc ! s'écria Marguerite, à Paris ! Et tous les deux, le lendemain, ils partirent.

X

Trois ans s'étaient écoulés, lorsque, par une belle matinée d'avril, un homme jeune encore, d'une beauté mâle, ayant à sa boutonnière la rosette de la Légion d'honneur, et dans ses allures ce je ne sais quoi qui, sous le costume civil, fait reconnaître le militaire, s'arrêta devant un riche hôtel du faubourg Saint-Germain.

Avant de laisser tomber le marteau de fer bruni sur la haute porte de chêne, il y eut sur le visage de ce visiteur matinal l'émotion d'un pieux souvenir, et dans ses yeux attendris presque une larme.

Au domestique qui vint à sa rencontre, il demanda si M. Sosthènes Duresnel était visible, et, sur la réponse affirmative, il remit une carte où se lisait :

Le commandant LÉONCE DAUBERIVE.

Ce dernier nom, Dauberive, était écrit sans apostrophe.

Mais expliquons, avant tout, comment il se faisait qu'en si peu de temps Léonce avait pu devenir commandant.

En arrivant à Paris, il avait passé par tous les déboires, par toutes les désillusions qui ne manquent jamais en pareil cas, à commencer par la dédaigneuse froideur des amis de la veille, ennemis dès le lendemain de la ruine.

Un seul lui offrait ses services, Sosthènes, et de celui-là Léonce ne voulait rien accepter, rien.

Après quelques mois de vaines tentatives et d'espérances trompées, le destin le favorisa d'une de ces occasions qu'il ménage presque toujours aux gens de cœur.

Cette occasion, ce fut la révolution de février.

Léonce s'enrôla dans la garde mobile, et, comme les grades étaient aux plus éloquents, aux plus sympathiques, à ceux qui semblaient devoir être les plus braves, il fut élu capitaine.

Au bout de quelques semaines, sa compagnie était des mieux disciplinées, des mieux aguerries.

Arrivèrent les journées de juin.

Dans cette lutte, hélas ! si regrettable, le jeune capitaine se distingua non moins par sa générosité que par sa bravoure, et, grièvement blessé sur une barricade conquise au prix de son sang, il obtint la croix.

Un peu plus tard, à peine guéri de ses bles

sures, il fut de ceux qui passèrent dans l'armée avec leur grade.

Depuis lors, il avait sans cesse guerroyé en Afrique, et dans les zouaves... c'est tout dire.

Je laisse à penser la joie de Sosthènes en le revoyant enfin chef de bataillon, officier de la *Légion d'honneur*, mais avec une large balafre en travers du front.

— Ah ! fit Léonce en répondant à son cousin qui semblait s'apitoyer à propos de cette glorieuse cicatrice, ah ! les Kabyles n'y vont pas de main morte, et cette fois j'ai bien failli rester en chemin. Mais j'ai l'âme solidement chevillée dans le corps, et Dieu semble vouloir permettre que j'arrive où j'en veux arriver... à mon but !

— Ce pauvre Léonce !

— Est-ce que tu me plaindrais, par hasard, se récria-t-il avec un franc sourire. Ah ! mon excellent ami, je suis cent fois plus heureux que je ne l'ai jamais été, figure-toi bien ça ! Au lieu de cette molle existence de luxe menteur et de stupides plaisirs, qui vous garottent, comme feu Gulliver, dans toutes sortes de niaises lilliputeries musquées et dorées, mais qui n'en sont pas moins des chaînes, une libre et robuste vie dans une merveilleuse contrée, sous un ciel radieux, avec d'intrépides compagnons, toujours aventureux, toujours gais, toujours alertes ! Sans cesse du nouveau, de l'imprévu, de la fantasia, de la gloire ! Et puis on se sent utile à la civilisation, à la France, à soi-même. Regarde-moi plutôt ! mon corps est devenu plus robuste, mon esprit plus sain, mon cœur meilleur. Enfin, et par-dessus tout, la joie du

devoir accompli, le saint orgueil de pouvoir dire
en te serrant la main : N'est-ce pas, ami, n'est-ce
pas que, là-haut, mon père doit être content de moi ?

— Certes, répondit Sosthènes, et tu n'as fait
que te rendre justice en reprenant enfin son nom.

— Je n'en avais plus ; il m'en fallait un, j'ai
choisi celui-là, mais sans la particule nobiliaire.

— Et tu ne la rétablira jamais ?

— Jamais... à moins qu'il ne nous revienne
une de ces époques héroïques où les titres se ga-
gnent encore sur les champs de bataille.

— Bonne chance, mon futur général ! conclut
Sosthènes.

Puis, après un silence :

— Ainsi, tu ne regrettes rien !... tu ne désires
rien ?

— Si fait... une seule chose.

— Laquelle ?

— M'acquitter envers toi. Je te dois trois cent
mille francs, et par malheur, jusqu'à ce jour...

— Ne pense donc plus à cet argent... ne m'en
parle plus... j'en ai bien assez, j'en ai même beaucoup trop, hélas !

Dans cette dernière interjection, il y avait autant de sincérité que de tristesse.

Léonce regarda plus attentivement son cousin,
et resta stupéfait du changement qui s'était opéré
en lui.

Ce n'était plus ce jeune savant à la physionomie
sereine, au limpide regard, au calme sourire, et
qui, satisfait de sa médiocrité studieuse, semblait
résumer dans toute sa personne l'idéal du bonheur
qu'il avait rêvé.

Pâle, ennuyé, mal à l'aise au milieu de tout ce
luxe qui l'entourait, il y avait en lui cette amertume, cette mélancolie, cette fiévreuse impatience
de l'exilé qui regrette la patrie, du captif aspirant
à la liberté.

— Mon pauvre Sosthènes ! ne put se défendre
de murmurer Léonce.

— Oui, répliqua l'infortuné millionnaire, oui...
c'est moi qu'il faut prendre en pitié. Ah ! je l'avais
bien prévu que cet héritage me serait fatal. Tant
que tu étais là, ne sachant rien et dépensant pour
deux, ça allait encore. Mais une fois que je me
suis trouvé seul avec cette fortune, à Paris, dans
ce grand hôtel, et, pour ainsi dire, contraint d'y
reprendre ton rôle interrompu...

— Oh ! oh ! contraint...

— Ma foi ! oui... Je ne voulais pas tout d'abord,
j'allais m'enfuir, et très-effrayé, je te le jure. Tes
amis m'ont barré le chemin, prétendant que richesse oblige. Ils m'ont accablé d'invitations, qu'il
a bien fallu leur rendre. Je suis un bon garçon,
tu sais, un peu naïf, très-crédule, et redoutant,
par-dessus toutes choses, de mécontenter ceux qui
me témoignent de l'affection. On eût dit qu'ils
s'étaient tous donné le mot, comme les démons de
la légende de saint Antoine ; seulement, comme
je n'étais pas un saint, j'ai succombé.

— Bah !

— Ça t'étonne ? je le comprends, j'en suis encore étonné moi-même, parole d'honneur ! et bien
souvent, quand je cherche à me retrouver sous
ma peau de lion, c'est tout au plus si je me reconnais. Il faut que j'aille aux courses, au bois

de Boulogne, au club, à l'Opéra, toutes choses
qui ne m'amusent nullement, au contraire ! Je ne
parviens jamais à me coucher qu'au milieu de la
nuit, et si, parfois encore, je m'efforce de travailler
un peu le matin, c'est aux dépens de mon sommeil, aux dépens de ma santé. Bref, à peu près ta
vie d'autrefois... Quelle vie !

— Mais n'as-tu pas, pour t'y réfugier, ton château d'Auberive ?

— Parlons-en ! A peine y suis-je installé que
messieurs tes amis, mes amis, s'invitant d'eux-
mêmes, arrivent avec grand fracas et révolution-
nent tous mes plans champêtres. Ah ! je ne suis
guère plus heureux là-bas qu'ici, Léonce !

— Mais, observa celui-ci, mais Marguerite ?

A ce nom, Sosthènes rougit légèrement, et répliqua d'une voix encore plus dolente :

— Marguerite m'a quitté... Marguerite est devenue la compagne de madame d'Alby.

— Henriette ! fit Léonce en tressaillant

— Ah ! questionna Sosthènes, tu ne l'as pas
oubliée... tu l'aimes encore ?...

— Moi ! tu tout. Est-ce que j'ai le temps de
songer à l'amour ? Est-ce que je puis me souvenir
d'elle autrement que comme d'une amie digne de
toute mon estime ? Mais explique-moi donc comment il a pu se faire que Marguerite...

— Ah ! voilà... D'abord, à cause de mes nouvelles mœurs, elle ne pouvait plus guère habiter
sous mon toit. Madame d'Alby s'offrait de la prendre avec elle, afin de lui servir de mère, ou plutôt
de sœur aînée. Tu sais combien elle m'est dévouée,
ma bonne petite filleule ! elle a tenu bon pendant

longtemps. Mais il y avait ce diable de Castagnac...

— Castagnac est donc ton ami ?

— Il le faut bien ! je ne puis pas m'en dépêtrer... c'est comme une glue... il s'est fait mon intime, ma gouvernante : une madame Evrard ! Cependant Marguerite l'eût encore supporté, celui-là. Mais il est une autre personne...

Sosthènes hésitait.

— Quelle personne ? insista Léonce.

— Eh !... parbleu !... Rosette.

— Comment ! mon ancienne maîtresse ? celle que nous appelions Bambouzi ?

— Précisément. Une bonne fille, après tout. Désespérée de ton départ, elle revenait ici tous les jours, pour me parler de toi. Ça la consolait. Je n'ai pas eu le courage de la chasser. Et puis, elle restait sans ressources, avec des dettes, et fermement résolue à ne pas te donner de successeur. Tout naturellement, je l'ai approuvée, encouragée, aidée ..

— Fort bien ! je comprends...

— Quoi donc ? demanda candidement Sosthènes.

Léonce souriait ; il finit par répondre :

— *Et pour être savant on n'en est pas moins homme.*

— Jamais ! se récria le chaste naturaliste, avec un tel accent de vérité qu'il devenait impossible de mettre en doute cette invraisemblance. Oh ! quant à ça, non, jamais !... en réalité du moins. Quant aux apparences, comme il me fallait une maîtresse en titre... à ce qu'on prétend... ma foi !... j'ai laissé croire... et Marguerite elle-même a cru. Voilà la cause de son départ.

— Pauvre Marguerite ! murmura Léonce. Je devine son chagrin, sa jalousie... Et moi qui m'étais figuré que tu l'aimais, que tu l'épouserais...

— Elle... y songes-tu ? Ma fille ! se récria Sosthènes non moins révolté que s'il eût été question d'un inceste.

— Ta filleule ! répliqua Léonce ; elle est charmante, elle a tes goûts ; et comme tu n'as encore que trente-six ans, je ne vois pas trop pourquoi cette supposition te semblerait si monstrueuse.

— Monstrueuse, c'est le mot. Je me suis toujours considéré, je me considérerai toujours comme son père.

— Soit. Revenons à ta situation présente.

— Elle n'est pas gaie, mon bon Léonce... et toi seul pourrais me tirer de là.

— Comment ?

— Débarrasse-moi de cette fortune qui me rend si malheureux !... reprends ton bien, fût-ce pour le jeter par la fenêtre...

— Impossible.

— Je t'en supplie !

— Non. Je dois te refuser, non. Mais quant à te sortir d'embarras, quant à te restituer ton bonheur perdu, c'est autre chose... et je ne demande pas mieux que de m'y employer corps et âme.

— Ah ! Léonce, Léonce... si tu me rendais un pareil service...

— Je n'en resterais pas moins ton débiteur de cent mille écus, mais ce serait du moins un moyen de te payer les intérêts... en attendant mieux. Voyons... que faisais-tu ce matin ?

20

— Hélas ! je ne suis pas libre aujourd'hui, je leur donne à déjeuner.

— Très-bien ! Castagnac en sera-t-il ?

— Naturellement ! à moins toutefois qu'il ne soit retenu par ses affaires à la Bourse, car c'est maintenant un grand spéculateur que Castagnac... j'en sais quelque chose.

— Que veux-tu dire ?

— Dame ! c'est lui qui manœuvre mes fonds disponibles, et comme il n'en a jamais assez, l'autre jour encore, j'ai dû lui remettre une somme assez importante.

— Ah ! ah ! fit le jeune commandant dont le visage commençait singulièrement à se rembrunir.

— Qu'as-tu donc ? questionna son cousin.

— Moi, rien... un souvenir... quelques vagues rumeurs. Je suis arrivé depuis hier au soir, et déjà je savais à peu près tout ce que tu viens de me raconter... moins ce dernier détail, qui ne laisse pas que d'être très-intéressant. Attention !

Léonce prit son carnet de voyage, l'ouvrit à une page blanche, et déjà le crayon en main :

— Quelles sont, demanda-t-il, les diverses sommes par toi remises à Castagnac ?

— Comment ! tu veux savoir. .

— Tu as été mon intendant, je me fais le tien... et qui plus est, ton Mentor, ô naïf Télémaque égaré dans cet autre Calypso qui s'appelle Paris. Nourri dans le sérail j'en connais les détours... et les personnages dangereux. Voyons... dis !

— Mais c'est à peine si je me souviens...

— Fais un effort de mémoire.

Sous la dictée de Sosthènes, son cousin aligna

des chiffres et, les additionnant, trouva que le total se montait environ à cent mille écus.

— Juste ce que je te dois ! dit-il ; voilà un hasard... providentiel.

Et comme Sosthènes le regardait de plus en plus ébahi :

— Passons au second chapitre, reprit-il en remettant le carnet dans sa poche. Tu m'affirmes que Bambouzi ne te tient nullement au cœur ?

— Nullement. Mais prends garde ; il faut des égards. Bien que je ne sois pour elle qu'un protecteur tout à fait désintéressé, cette pauvre fille m'honore d'une affection et surtout d'une fidélité vraiment touchantes.

— Soit donc tranquille ! on sait parler aux femmes, et celle-là, je la connais sur le bout du doigt. Enfin, quant à nos amis...

— Oh ! sous ce rapport, carte blanche. Tout ce que je te demande, c'est que tu m'en débarrasses, et le plus tôt possible, à tout prix.

— Je l'espère, mais pour travailler plus efficacement il faut que tu me laisses le champ libre, que tu partes à la minute. N'est-il pas un endroit quelconque, aux environs de Paris, où tu puisses rester caché durant quelques jours ?

— Eh ! précisément, je suis invité à Ville-d'Avray, chez madame d'Alby.

— Parfait ! Allons, allons, en route... mais ne te montre pas... Je vais annoncer à tout le monde que le gouvernement t'a chargé d'une mission scientifique et que tu viens de partir... pour les grandes Indes. Tu le vois, j'y vais carrément.

— Oh ! je le sens là, tu seras mon sauveur !

— Chacun son tour... et fasse Dieu que l'ex-mauvais sujet réussisse mieux que n'avait réussi l'ex-sage ! C'est mon expérience de la vie parisienne, ce sont mes vices d'autrefois que je vais atteler à mon dévouement. Oui, pour toi, pour ton bonheur, je vais redevenir l'ancien Léonce d'Auberive... avec apostrophe !

Déjà Sosthènes avait pris son chapeau, lorsque tout à coup revenant sur ses pas :

— Mais, s'écria-t-il, et ce déjeuner ?

— Je me charge d'en faire les honneurs, et de la bonne façon, soit sans crainte ! On frappe !... Allons, vite !... disparais par le jardin, et va m'attendre patiemment à Ville-d'Avray. C'est là que j'irai te rejoindre.

— Demain, n'est-ce pas ?

— Ou après-demain... si ce n'est plus tard... ça dépendra des événements... Voici l'ennemi... mais va donc ?

Sosthènes ne se le fit pas répéter davantage et, laissant son digne cousin maître absolu de la place, il s'esquiva.

XI

Henriette d'Alby possédait à Ville-d'Avray l'une des plus ravissantes maisons de campagne des environs de Paris.

Sa haute muraille, tapissée de lierre, de chèvrefeuille et de clématite, l'isolait complétement des habitations voisines. Le parc, ombreux et vaste, était accidenté par une rivière artificielle et par diverses pièces d'eau, qui variaient à chaque instant le paysage. Une verte pelouse environnait la maison, comme perdue dans la verdure et les fleurs.

De plus, on était alors au printemps. Tout s'épanouissait, souriait, chantait; tout était fraîcheur et joie dans cette calme et gracieuse retraite.

Sosthènes, au sortir de son enfer, crut se réveiller en paradis.

Comme pour compléter l'illusion, ne venait-il pas d'y trouver deux anges?

Marguerite, Henriette.

C'était une admirable châtelaine, cette madame d'Alby. Grande, élancée, blonde, comme la Madeleine du Titien, toute pleine d'élégance et de charme, elle plaisait surtout par son esprit, par sa haute raison, par son aménité sans pareille. A peine un premier attachement, un premier mariage avait-il effleuré cette jeune femme de vingt-deux ans, cette belle rose aristocratique, qui, trompée dans son premier élan vers la lumière, s'était à demi refermée sous le froid du veuvage et, pour s'épanouir réellement, en pleine floraison, ne semblait attendre qu'un second rayon de soleil, un vrai rayon de cœur.

Quant à Marguerite, ce n'était plus la rieuse et folle enfant d'autrefois, mais c'était mieux encore. Toutes les imperfections avaient disparu, toutes les promesses s'étaient réalisées. Un peu plus réfléchie, un peu moins impatiente de vivre, la petite fille était devenue jeune fille.

Une adorable jeune fille, tout éblouissante de sa printanière fraîcheur.

Parfois, cependant, une ombre légère passait

sur son front si pur, un peu d'amertume se glissait dans son sourire, une larme semblait chercher le chemin de ses yeux. N'y avait-il pas quelque secret chagrin dans ce pauvre petit cœur de dix-huit ans?

En revoyant son parrain, elle fut d'abord toute à la joie, comme jadis au château d'Auberive. Puis, tout à coup, elle devint triste, inquiète, et sembla chercher la solitude.

Henriette resta seule auprès de Sosthènes et le gronda sur ses égarements, mais d'une façon charmante.

— Je vous promets d'être plus sage à l'avenir, répondit-il, et j'ai déjà commencé... grâce à quelqu'un de votre connaissance.

— Quel est ce quelqu'un là ?

— Devinez !

— Je ne vois pas trop...

— Il est de retour... il va venir ici...

— Mais qui donc ?

— Mon cousin Léonce.

— Ah ! fit-elle sans apparente émotion, ah ! le commandant Léonce ?...

Dans ce mot : *le commandant*, elle avait mis une intonation toute particulière.

Mais changeant brusquement l'entretien :

— Monsieur Sosthènes, dit-elle sur un tout autre ton, pourquoi donc ne vous mariez-vous pas?

— Oh ! répondit-il, je n'y ai jamais songé ?

— Et si j'y songeais pour vous, moi !

— Vous, madame ?

— Oui.

— Est-ce que les savants se marient ?

— Tout comme les autres. Il me semble même

que ce doivent être les meilleurs maris du monde.

— Vraiment? c'est là votre idée? fit ingénument Sosthènes.

— C'est du moins mon espoir, répondit-elle en souriant.

Mais quel sourire?

Et cependant madame d'Alby n'était point coquette.

Le pauvre savant se sentit troublé jusqu'au fond du cœur, et s'écria :

— Ah! madame... si j'osais comprendre!... si je pouvais croire...

— Chut! interrompit-elle vivement; voici Marguerite, que tout ceci reste entre nous... Au revoir, monsieur Sosthènes !

Et, mettant un doigt sur ses lèvres, elle s'empressa de rejoindre sa jeune compagne.

Sosthènes, devenu tout pensif, la regarda s'éloigner par les jardins, non moins enchanteresse qu'une autre Armide.

— Est-ce qu'elle daignerait penser à moi? se dit-il enfin ; c'est peut-être bien la femme qu'il me faudrait... J'en parlerai à Léonce.

Mais trois jours s'écoulèrent, et le jeune commandant ne reparut pas.

Pour prendre patience, Sosthènes se remit à herboriser dans le parc. Tout le reste aussitôt fut oublié, hormis cependant le sourire de la séduisante veuve, qui sans cesse lui revenait en mémoire et miroitait dans sa pensée avec une obsession des plus persistantes.

On m'a même assuré qu'il lui fit un doigt de

cour, mais d'une façon distraite, en vrai savant qu'il était redevenu.

Henriette ne lui reparlait de rien, mais elle était d'une gaieté vraiment séduisante.

Par contre, Marguerite devenait de plus en plus sauvage.

Le matin du quatrième jour, Sosthènes, courbé sur le bord de la rivière, examinait je ne sais plus quelle plante curieuse, lorsque soudainement une main frappa sur son épaule.

Il se redressa vivement, se retourna.

C'était Léonce.

— Ah ! te voilà de retour... Eh bien ?

— Eh bien !... comment te trouves-tu... aux Grandes-Indes?

— J'y suis donc réellement ?

— A perpétuité ! on le croit du moins ; comme j'ai dit que tu étais ruiné, complétement ruiné, tes bons amis ne te chercheront pas... tu peux être bien tranquille.

— Bravo! mais cette pauvre Rosette?... elle a dû être désespérée?

— Furieuse, au contraire... car elle comptait bien te plumer jusqu'au vif, et gratis encore... on ne renonce pas si facilement à de pareilles aubaines, elles sont rares.

— Oh ! je ne croirai jamais...

— Écoute donc jusqu'au bout. Dans son dépit, dans son orgueil, elle a voulu me prouver combien elle se moquait de toi, et avec cet excellent Castagnac...

— Castagnac !

— Castagnac lui-même, mon bon ! Afin de rien

laisser échapper de tes dépouilles, il avait sous-
crit à Rosette une promesse de mariage... et cet
engagement, je l'ai vu, de mes deux yeux vu, ce
qui s'appelle vu.

— Oh ! si on pouvait le contraindre à l'exécu-
ter, quel bon tour !

— C'est précisément ce que j'ai voulu faire et
ce qui m'a retardé quelque peu. Castagnac était
parti... pour la Belgique.

— Bah ! Et mon argent ?

— Ton argent aussi. Rassure-toi ! Nous avons
couru après, Bambouzi et moi. Au demeurant,
c'est la meilleure des deux.. Elle m'a aidé à lui
faire rendre gorge, et tandis qu'ils se chamail-
laient ou se consolaient l'un l'autre, je m'en suis
tranquillement revenu avec les trois cent mille
francs. Les voici.

Et le jeune commandant, enchanté de cette campagne d'un nouveau genre, présentait un portefeuille à Sosthènes.

— Au moins, s'écria celui-ci, nous serons quittes.

— Moralement. Et encore je te devrai du retour. Voyons, cousin, voyons... tandis que je suis
en train, puis-je te rendre quelque autre service ?

— Oui... un très-grand ! répliqua Sosthènes
avec un élan presque involontaire.

Mais s'arrêtant aussitôt, comme effrayé de ce
qu'il allait dire :

— Non... non, reprit-il, ce serait trop exiger
de ton dévouement... car tu as aimé aussi madame
d'Alby... tu l'aimes peut-être encore ?

— Comment... Henriette ?... tu voudrais.....

— L'épouser... si toutefois tu me répètes, tu me

juré que cet amour s'est complétement éteint dans ton cœur. Mieux encore, si tu me le prouves...

— Comment ?

— En me servant d'interprète auprès d'elle, car je n'oserai jamais, moi...

— Et tu veux que je me charge de la demande en mariage ? acheva Léonce devenu tout songeur.

— Aujourd'hui même, répondit Sosthènes; mais tu sais à quelles conditions ?

Durant quelques secondes, le jeune commandant resta silencieux. Sa main jouait avec sa noire moustache et ses yeux se fermaient à demi, comme s'il eût voulu regarder en lui-même afin de sonder son propre cœur.

Puis tout à coup relevant la tête :

— J'accepte cette mission, dit-il, et n'ai qu'un regret.. celui de ne pouvoir pas te sacrifier mon bonheur, à toi qui jadis m'avais sacrifié ta fortune.

— Mais cependant...

— J'accepte, te dis-je. Ce soir même, tu auras la réponse.

En ce moment, Henriette et Marguerite arrivaient.

Elles accueillirent le jeune commandant avec une joyeuse cordialité : elles lui témoignèrent une égale affection toute fraternelle, et qui, pas plus chez l'une que chez l'autre, ne laissait place au moindre soupçon d'amour.

La journée fut des plus charmantes et passa comme un éclair.

Vers le soir, tout en fumant son cigare, Léonce entraîna Sosthènes tout au fond du parc, et là, s'arrêtant à l'entrée d'un rond-point formé par d'épaisses charmilles :

— C'est ici que je lui ai donné rendez-vous, dit-il ; elle va venir.

— En ce cas, je me sauve...

— Non... tu vas te cacher dans cette petite hutte en paille, et de là tout entendre. Ah ! je le veux !

La hutte en question n'était qu'un simple abri, comme perdu dans la charmille, et qui depuis longtemps ne servait plus qu'à serrer les outils de jardinage.

Bon gré, mal gré, il fallut que Sosthènes y entrât. Léonce referma sur lui l'espèce de clayon qui tenait lieu de porte. Puis il se promena dans le rond-point en attendant la belle veuve.

Tout à l'entour de lui, sous une majestueuse coupole de verdure, de grands ormes séculaires, des feuillées touffues, de longues allées, celles-ci déjà se voilant d'une brume crépusculaire, celles-là toutes resplendissantes encore des derniers rayons du soleil couchant. Çà et là, dans les taillis, tout pleins de gazouillements d'oiseaux, les lilas, les chèvrefeuilles, les jasmins étaient en fleur, comme aussi, dans la mousse, les muguets et les violettes. C'était une délicieuse soirée de printemps, tiède, parfumée, enivrante. Il y avait de la jeunesse et du bonheur dans tout et partout, jusque dans le murmure des eaux, jusque dans le souffle du vent, jusque dans l'air.

Léonce se sentait étrangement oppressé ; il s'applaudissait d'avoir voulu que Sosthènes assistât à cette entrevue. C'était une obligation de ne point faiblir.

Henriette enfin parut, s'avançant avec lenteur par une des allées déjà remplies d'ombre.

Il comprima les battements de son cœur, et lorsqu'elle arriva près de lui, il était calme, il souriait.

— Commandant, lui dit-elle, je n'ai pas voulu vous refuser ce rendez-vous. Mais, je dois vous en prévenir, je n'y suis pas venue tout à fait seule ; Marguerite est à quelques pas d'ici, attendant que je la rappelle.

— Comment ! se récria-t-il, vous avez eu peur de moi, madame ?

— Qui sait si ce n'est pas de moi-même ? avoua-t-elle en baissant les yeux.

Il y eut un silence.

— Rassurez-vous, reprit-il, ce n'est point en mon nom que j'ai sollicité cet entretien. Moi, je n'ai plus le droit de vous aimer.

— Et pourquoi donc cela, monsieur ?

— Vous m'avez refusé quand je croyais avoir à vous offrir une fortune et le titre de comtesse... Maintenant je suis pauvre et...

— Maintenant vous avez un grade, une carrière honorable et de brillantes espérances d'avenir. Vous n'avez rien perdu, commandant... bien au contraire !

— Mais que me dites-vous donc là, madame ?

— La vérité. Vous avez reconquis l'estime, vous méritez la confiance... une femme serait fière de vous !

Et comme il la regardait, éperdu, palpitant, croyant rêver :

— Répondez-moi franchement comme je vous interroge... Léonce, m'aimez-vous encore ?

Elle était si admirable ainsi, que Léonce ne put que tomber à ses genoux, les bras étendus vers elle et les yeux pleins de larmes.

Henriette lui tendit la main.

Il n'osait pas, il ne voulait pas croire encore à tant de bonheur.

— Mais prenez donc, lui dit-elle, et que ce soit votre récompense.

Cette main si loyalement offerte, Léonce enfin s'en empara et y porta ses lèvres.

Mais se ressouvenant tout à coup :

— Et mon pauvre cousin ! fit-il avec l'accent du remords.

— Monsieur Sosthènes ? reprit en souriant madame d'Alby.

— Chut ! murmura tout bas Léonce; il est là, il nous écoutait.

— Eh ! tant mieux... qu'il écoute toujours !

Elle appela Marguerite.

Léonce n'y comprenait rien encore.

— Rejoignez votre cousin, murmura rapidement Henriette, faites de même et, sitôt que vous m'aurez deviné, aidez-moi.

A peine eût-il disparu derrière la charmille que Marguerite accourut.

— Que je t'embrasse ! lui dit Henriette, avant de t'apprendre une triomphante nouvelle.

Et comme sa jeune compagne la regardait tout étonnée de cet étrange accueil :

— Ce n'est point en son nom, poursuivit-elle, ce n'est pas pour moi que M. Léonce voulait me parler... c'était de Sosthènes et de toi qu'il s'agissait mignonne.

— De mon parrain ? murmura la jeune fille en frémissant.

— Oh ! reprit Henriette, tu n'as pas besoin de dissimuler avec moi. Il y a longtemps que je connais ton secret...

— Mon secret !

— Tu l'aimes !

— Comme un frère, oh ! certes...

— Non, non, autrement.

— Tu te trompes, Henriette ! oh ! je te le jure bien, tu te trompes.

— Alors refuse-le, car il m'a fait demander ta main.

— Comment ! c'était pour cela?...

— Pas pour autre chose. Ses yeux enfin se sont ouverts, il a compris que toi seule était la compagne qu'il lui fallait .. il t'aime... il te veut pour femme. Cependant, puisque je me suis abusée, puisque tu refuses...

— Mais je n'ai pas dit cela ! se récria vivement Marguerite.

— Que dis-tu donc, alors?

— Je dis, poursuivit-elle avec une joyeuse exaltation qui la rendit plus ravissante encore, je dis que c'était là mon rêve... Être sa femme, partager ses travaux, consacrer ma vie tout entière à son bonheur, ah ! voilà ce que je demandais à Dieu dans ma prière de chaque jour... voilà ce que j'avais espéré, ce que je n'espérais plus.. car il ne voyait rien lui .. il ne devinait rien... il s'obstinait dans son rôle de père, de grand-père... et j'en étais bien chagrinée, va !... Mais maintenant, je puis bien te dire à toi, maintenant que je vais pouvoir être reconnaissante envers lui tout à mon aise : Oh ! comme je vais l'aimer, comme je suis contente !

Et la jeune fille, toute honteuse d'avoir ainsi laissé parler son cœur, cacha son front rougissant dans le sein d'Henriette.

Il y eut un léger bruit sur la lisière de la charmille. Marguerite voulut se redresser, regarder.

Madame d'Alby la retint contre elle en lui faisant un bandeau de ses deux mains.

C'était Sosthènes qui s'avançait, amené par Léonce.

Il était palpitant, éperdu, fou de joie, ce pauvre Sosthènes.

Marguerite entendit à ses pieds comme un sanglot, une main saisit sa main.

Henriette en même temps lui rendait la liberté.

Elle se retourna vivement, elle aperçut à ses pieds Sosthènes, qui, le visage inondé de larmes, resplendissant de sourires, lui criait du fond du cœur :

— Pardon, Marguerite, oh ! pardon de t'avoir méconnue... j'étais aveugle, j'étais insensé... Mais comme je vais réparer le temps perdu... comme je t'aime !

Déjà ils étaient dans les bras l'un de l'autre.

— A quand le mariage ? demanda Henriette.

— Le même jour que le tien, répondit Marguerite.

— Accepté ! s'écria Léonce.

— Un instant, fit Sosthènes ; j'y mets une condition... *sine qua non*.

— Quelle condition ?

— C'est que nous partagerons l'héritage de ton

père. Oh ! tu ne peux plus refuser maintenant, Il y va de notre bonheur à tous les quatre.

Il fallut bien que Léonce se décidât.

Dix années se sont écoulées depuis. Le vieux château dans lequel nous avons commencé ce récit est devenu méconnaissable, et sur sa verte pelouse, aux corbeilles fleuries, on voit courir de roses blondins. Ce sont les enfants de M. Sosthènes Duresnel, aujourd'hui membre de l'Institut ; ce sont les enfants du général comte d'Auberive... avec apostrophe.

Ils sont plus heureux que les autres enfants, ces enfants-là, ils ont deux mères : Henriette et Marguerite.

FIN.

SAINT-OMER, IMP. H. D'HOMONT.